Quienes manejan los hilos

Quienes manejan los hilos

Roberto Sánchez

Rocaeditorial

© 2020, Roberto Sánchez Ruiz

Primera edición: octubre de 2020

© de esta edición: 2020, Roca Editorial de Libros, S. L.
Av. Marquès de l'Argentera 17, pral.
08003 Barcelona
actualidad@rocaeditorial.com
www.rocalibros.com

Impreso por EGEDSA

ISBN: 978-84-18249-46-4
Depósito legal: B. 15010-2020
Código IBIC: FF; FH

RE49464

El gato de Schrödinger

En una caja opaca herméticamente cerrada hay un gato, una ampolla de una sustancia venenosa y un dispositivo que contiene una partícula radiactiva con el 50 por ciento de probabilidades de desintegrarse. Si esto ocurre, provocará que el veneno se libere y el gato muera. La única forma de averiguar qué ha ocurrido es abriendo la caja. Hasta ese momento, el gato estará vivo y muerto al mismo tiempo.

ERWIN SCHRÖDINGER,
premio Nobel de Física 1933

PRIMERA PARTE

1

Madrid, 24 de octubre de 2019

Nadie imaginaba este desenlace.

A través de las ventanillas del vehículo oficial es complicado seguir al helicóptero que traslada los restos del dictador desde el Valle de los Caídos hasta el cementerio de Mingorrubio. Los itinerarios de ambos medios de transporte no discurren en paralelo. La carretera va serpenteando al bajar el cerro coronado por la enorme cruz que ahora diviso a través de la luna trasera.

El Puma tan pronto desaparece de nuestro campo de visión como sobrevuela nuestro techo, muy bajo, con un ruido infernal. Su cola blanca se va abriendo paso en un cielo ahora añil que esta mañana se despertó con pereza y neblina. Se ha plantado ahí, como si estuviera suspendido en el horizonte del parabrisas.

En el interior del coche hay un silencio sepulcral. Así ha sido durante todo el acto; desde la exhumación hasta la salida del féretro portado por los familiares.

Me encuentro con las fotos al buscar en el móvil alguna señal en directo del vuelo. Es la primera vez que trasciende mi imagen. Ahí estoy, al lado de la ministra antes de que ella suba a bordo del transporte militar.

—¡La hostia! ¡No me jodas! —Me sobresaltan los gritos del conductor.

Le oigo decir algo sobre un movimiento extraño que ha hecho el helicóptero. Le ha parecido ver que perdía estabilidad, «como un zarandeo».

Con un frenazo brusco se detiene en el arcén. Lo miro contrariado. El protocolo es muy estricto y nos hemos salido del guion. Me tranquiliza ver a mi escolta a través de la ventanilla. Con la mano abierta me indica que no me preocupe. Todo está bien. Bueno, al menos aquí abajo.

Salimos del coche. Desde nuestra posición solo oímos la turbina. Trompetea. Amaga con ahogarse. El helicóptero se escora y da una vuelta precipitada sobre sí mismo. Pierde altura. Otro giro que se queda a medias. Las hélices rotan como brazos impotentes que no dan más de sí.

Cae.

A plomo.

De los riscos entre los que se ha perdido, surge una columna de humo que anticipa una enorme llamarada.

Azul.

Otra roja.

2

Barcelona es dinámica, Barcelona es incómoda, Barcelona, sobre todo, es una gran ciudad en primera línea de las mejores de Europa y del mundo. [...] La intensidad de la circulación por la ronda de la Universidad muestra lo que eran las calles de nuestra ciudad en este remate de las fiestas navideñas, que con tanta ilusión y empuje han celebrado los barceloneses, aun a costa de olvidarse de los escandalosos precios que regían en todas las tiendas de la urbe.

LA VANGUARDIA, 7 de enero de 1967

Barcelona, 1967

*L*a tarde que fuimos a ver a Gallar era la de un sábado atípico, de los pocos en los que ni mi padre tenía que vender alfombras en el almacén de la calle Velia (a pesar de ser el primer día de rebajas) ni yo tenía que soportar el castigo de jugar a fútbol bajo la disciplina de los jesuitas. Por lo visto, para nuestro anfitrión no había fechas en las que dejar de ganarse la dignidad que otorga el trabajo. Querría ser un noble representante del espíritu de la lucecita de El Pardo, a todas horas encendida, salvo la noche en la que tituló. Yo estaba allí.

Habíamos cogido la línea roja del metro e, igual que siempre que íbamos de excursión hasta plaza Catalunya, mi madre me pidió que cerrara la boca antes de emerger a la superficie, sabedora de mi tendencia a caer enfermo cada dos por tres. Intentaba protegerme del tremendo trancazo que llegaría como consecuencia del azote de aquellas corrientes. Otra querencia muy mía era la de dejarme embriagar por el olor del suburbano, una mezcla de alcanfor recalentado y azufre, en comunión con el aroma de garrapiñadas y algodón de azúcar proveniente del exterior.

El despacho de Gallar era un cuchitril tan estrecho como su mesa, por lo que supuse que o vivía tras ella o alcanzaba su sillón desriñonándose con una postura imposible que yo solo le conocía al tendero de ultramarinos. Cabría la posibilidad de que llegara hasta allí volando. Estaba en un tercer piso sin ascensor.

Ahora vuelvo a ver con claridad los peldaños de madera hundidos y despintados que mi ansiedad se merendaba de dos en dos mientras me perseguía el humo del Ducados de mi padre y me llegaba el eco del lamento quejoso de mi madre, que aliviaba su eterno cansancio aferrándose al pasamanos. Antes de conquistar el rellano del principal ya había suspirado de manera honda y muy teatral en tres ocasiones al menos.

La dirección no la recuerdo con exactitud, pero estaba en la acera de los pares, en un número por encima del 126, la sede de Radio España. Esa era mi referencia en La Rambla. Habría preferido que me hubieran llevado allí. Me moría de ganas por ver un programa en directo de la emisora que estaba puesta en casa a todas horas. Unos días antes habían llamado a mi padre para felicitarlo por su cumpleaños y dedicarle una canción: «De parte de su hermana Sagrario, un tema de Marisol». Nos pilló por sorpresa y lo celebramos con gran alborozo.

La radio se me hubiera dado mejor que cualquier otra cosa en el mundo. Donde los demás veían a un preadolescente tímido y de capacidad intelectual justita para presentar a duras penas unas notas trimestrales que superaran la deficiencia, seguro que se escondía ese tipo de locutor con don de gentes y de simpatía arrolladora, capaz de disfrazar sus mediocridades con la insolencia de quien aspira a que no descubran su fraude y lo camufla con el juego de cabriolas que permiten las trampas del lenguaje. De hecho, Gallar nos convenció de que podría sacar provecho de mi habilidad para manejar las palabras a mi antojo, aunque fuera sobre un folio en vez de ante el micrófono, y hacer carrera gracias a esa virtud. Ninguno de los allí presentes alcanzábamos a sospechar cuánto. Y sin vender un solo libro.

15

3

$\mathcal{M}$iguel Gallar estaba al frente del Instituto Oficial de Información como la mayoría de responsables de los negociados de cierto rango en la Administración: para compensarlo por desvelos pretéritos y los servicios prestados al Régimen en los años de plomo; de su propio plomo. En el caso de Gallar jamás logré averiguar de qué calibre habían sido sus aportaciones, aunque me temo, sin mucho margen para el error, que debían ser de índole lo suficientemente siniestra como para no poder alardear de manera hipócrita ante los suyos. Sería por eso por lo que optó por compartir su vida con la soledad, que fue la única a la que nunca traicionó. Y esta también le correspondió con fidelidad hasta el fin de sus días.

Gallar, con los codos en la mesa, reposaba la barbilla en la mano derecha y tamborileaba con los dedos sobre unos labios que resoplaban hastío. Me miraba fijamente mientras, de tanto en tanto, soltaba alguna interjección con el fin de darle carrete a la incontinencia verbal de mi padre, como un gesto de cortesía que le hiciera creer que no estaba hablándole a las paredes. Yo lo observaba de soslayo, con la cabeza gacha hacia el suelo helado. Mis pies eran témpanos. Los robustos Gorilas, los zapatones que habían decidido traerme los Reyes Magos el día anterior, no eran capaces de combatirlo. Tampoco prestaba atención a las palabras de mi padre. Me resultaba muy familiar la cantinela. No necesitaba oírla para poder reproducir, frase por frase, inflexión por inflexión, lo que le explicaba a Gallar, incluyendo las acotaciones de mi madre en forma de suspiros, que no querría perder la ocasión para que Dios Nuestro Señor Todopoderoso supiera de sus plegarias y nos ayudara a encarrilar mi camino disoluto. Aunque, si a pesar de su magnificencia, decidiera que no fuera así, estaba preparada para acatarlo con la más humilde de las resignaciones cristianas.

—Ramón, ¿tú lees?

La pregunta cortante de Gallar frustró el relato en puertas de llegar al episodio de mi verano en Llanos del Pisuerga, el pueblo palentino de mis abuelos paternos. Ellos y mis tías seguían allí, trabajando el campo y bregando con el ganado. En realidad, mi abuelo daba el callo más bien poco. Nació para capataz y vestía con aires de señorito. Aspiraba a codearse con los terratenientes y el resto de fuerzas vivas de la comarca. Se movía por el hambre de tocar pelo político. También con sed de vinos. No hablemos de la pasión por otras hembras que no fueran su esposa. A mi abuela y a sus hijas las sometía a un régimen bastante similar al de la esclavitud; a merced de él y de las tierras, de sol a sol.

Después volveré a lo que pasó en Llanos, porque en un momento u otro habrá que hacerlo. Ahora teníamos a mi padre con el verbo tan congelado como aquella nevera que se hacía pasar por el despacho del director del Instituto Oficial de Información. Un codazo muy poco discreto de mi madre y un leve movimiento de los ojos enrojecidos de Gallar le dieron la pista de que era a mí a quien quería escuchar.

—Te preguntaba, Ramón, si lees mucho. ¿Te gusta leer?

Enseguida di un sí como respuesta. Quería evitar oír aquella estomagante ocurrencia que estaba tan de moda del: «No se le habrá comido la lengua el gato, ¿no?». Me parecía la propuesta de chiste más infantil e irritante con la que los adultos solían pretender que escapara de mi patológica timidez. A la afirmación le añadí un «bastante», para que quedara más perfiladita. No era la contestación propia de un maestro en oratoria, pero me mostré más locuaz que nunca ante un extraño. Con ese progreso, seguía albergando en mi fuero interno la idea de que era un primer avance; que llegaría el día en que a nadie le pareciera descabellado que el ser más introvertido del planeta pudiera dedicarse a la radio.

—¿Nos dejarían a solas un momento, señores Santolaya? —Gallar miró por la ventana—. Nada, una horita. El tiempo suficiente para que le haga a su hijo una prueba de nivel. Me serviría para orientarles con más conocimiento de causa. Se pueden dar un garbeo. Hoy no está tan animado como en Navidades, pero además de las gangas, si se acercan por la catedral verán unos belenes dignos de premio.

—Diga usted que sí. Nosotros en casa tampoco quitamos el belén hasta el día de la Candelaria. —Antes de salir, mi madre hizo esa genuflexión con la que se reverenciaba a obispos, ilustrísimas y excelencias varias. En definitiva, a todos aquellos a los que yo iba a empezar a conocer de cerca.

Todavía con el sonido del eco de sus tacones alejándose escaleras abajo, dio comienzo el examen.

19

4

—¿*C*ómo ha ido, niño? —se interesó mi padre cuando me recogieron.

—Psss…, bien —les contesté con mi habitual locuacidad.

Lo que hubiera dado por llamar a Julia al llegar a casa y contarle cómo se habían precipitado los acontecimientos en pocas horas. Con ella sí que me explayaba.

Ni siquiera sabría decirle qué era exactamente eso del Instituto Oficial de Información. Se suponía que me habían llevado allí para estudiar y, en lugar de eso, había salido con un trabajo al que me iba a incorporar el lunes siguiente. Como meritorio, eso sí. En puridad, ni el propio Miguel Gallar reseñaría de forma precisa cuáles eran las competencias del organismo, más allá de desvelar que estaba adscrito a la Dirección General de Seguridad y, por lo tanto, al Ministerio de la Gobernación. El nombre engañaba. No tenía absolutamente nada que ver con Turismo, Prensa y «esas zarandajas», según palabras textuales de su director.

Quien le habló a mi padre de aquella institución como una posible salida a mi aparente indolencia ante la vida no creo que intuyera siquiera la naturaleza real del garito. Fue el repartidor de la Damm. Coincidían cada dos almuerzos. Habían entablado cierta complicidad a fuerza de que se dejara sobornar con un carajillo y un par de cigarros a cambio de tres o cuatro sobres de cromos que se despistaban por allí y acababan en mi colección de futbolistas.

Solo en aquel Instituto fue donde supieron encarrilar al hijo del repartidor de cervezas. De eso estaba convencido su padre y logró que así lo creyera a pies juntillas el mío. El chaval se había abonado al ocio nada productivo. Se pasaba las horas de bureo, callejeando con malas amistades por el barrio. O de brazos cruzados en casa. Superó por los pelos la enseñanza primaria, tampoco había aprendido ningún oficio y terminó yendo de aprendiz en el camión del reparto, pero su padre montaba en cólera cada vez que, entre bodega y bodega, el niño se sumía en un sueño del que no le sacaban ni los frenos chirriantes del Pegaso ni el ruidoso trajinar con las cajas de botellines tintineantes.

Ese chico podría ser yo mismo si cambiamos el reparto de cervezas por mis jornadas en el almacén de alfombras, con aquella horrible bata azul que apestaba a desengrasante, rezando para que no entrara nadie a interesarse por el género.

Volvamos al examen. Iba a ser oral. Gallar intentó que le respondiera de viva voz con algo más que un monosílabo. Pinchó en hueso. Así que, de una de las columnas de carpetas apiladas sobre su mesa sacó unos folios que hojeó por encima. Eligió un pliego después de comprobar que no estaba escrito por la otra cara. Me lo alargó junto a un bolígrafo de los que se apretujaban en un cubilete tras garabatear con cuatro o cinco hasta dar con el que no tenía la tinta seca o helada.

—Todo lo que te he preguntado, Ramón, todo lo que quieras que sepa de ti, escríbelo ahí.

Como respuesta le entregué un texto largo y desordenado que me iba saliendo a borbotones, con el pulso trémulo, fruto de la ansiedad. Le tuve que pedir más papel. Y otro bolígrafo.

Mis padres, después de la excursión por belenes y escaparates, optaron por guarecerse en el cine. Aquella tarde ya se estaba poniendo recia. Creo que subieron hasta el Coliseum de la Gran Vía, donde echaban *El bueno, el feo y el malo*. De la película estoy seguro. En mi familia hemos hablado mucho de ella porque una parte se rodó en la provincia de Burgos, no muy lejos de Llanos. Mientras veían el wéstern, yo vomitaba mi ensayo.

Dejé constancia escrita de mi pasión por la radio, el medio que me ayudaba a huir de mis mundos. También acepté que era plenamente conocedor de mis limitaciones, aunque algún día las pudiera superar porque el don de la palabra no se me negaba, aunque me fuera más fácil exteriorizarlo con un papel de por medio.

Tanta radio como escuchaba no me impedía leer. De las novelas que tuve que conocer por obligación en la escuela, mis favoritas eran *La vida sale al encuentro* y *Sexta galería*. Apostaba a que si me dictaban cualquier fragmento sería capaz de situarlo en el contexto narrativo de cada una de esas obras de Martín Vigil y continuarlo de memoria. Otros libros, como los de temática religiosa de Unamuno o *Las veleidades de la fortuna*, de Baroja, no me habían dejado tanta huella, pero los había devorado, así como todo lo que firmaron Enrique Jardiel Poncela, Galdós y Verne, aparte de *La isla del tesoro* y *El Quijote*.

Entre mis preferencias, tampoco faltaba el *TBO*: «Angelina y Cristóbal», «Las aventuras de doña Exagerancia», «Maribel es así», «Joaquinete y su chupete». Y últimamente echaba de menos a «Josechu el Vasco». Las historietas en inglés que me traía el vecino, un sobrecargo de Iberia, paliaban en parte aquella añoranza.

Así que, si no hubiera sido porque cuando llegamos a casa era ya muy tarde para telefonear a Julia al colegio mayor donde vivía en Madrid y porque las conferencias salían por un ojo de la cara, le habría contado que Gallar, al verme escribir esto último de los tebeos en inglés, me frenó y preguntó si los entendía. «Sí, claro.» Pero que si los entendía por los dibujitos o por las palabras, insistió. Le expliqué que primero por lo uno y más tarde por lo otro.

—¿Y sabes hablarlo?

—*Yes, I think so.*

—¿Quién te ha enseñado a pronunciarlo, si en el colegio dabas francés?

—Por las canciones de los Beatles y por otros discos que me trae el vecino —solté la parrafada.

No había querido hablarle de mi novia, de Julia, la hija del conde de Llanos, con el que mi abuelo hacía méritos hasta perder la dignidad si era menester con tal de que lo considerara de su casta. Con Julia había tenido mi primer romance. Ella fue lo único bueno que me ocurrió durante los meses de mi castigo, cuando mis padres decidieron mi destierro a la España que llevaba a cuestas unos veinte años de retraso. Me mandaron a Palencia a ver si progresaba. No se puede ser más incoherente. Ni más ignorante. O más cruel.

La madre de Julia, Anne Graham, era una inglesa de Manchester a la que Conrado Bolaños había conocido de veraneo en Santander, en una época en la que solo la gente de alta alcurnia podía permitirse esos lujos cántabros. La playa del Sardinero, Comillas y Santillana del Mar eran sus destinos recurrentes para pasar los meses estivales. Sin embargo, una inesperada anemia de Julia obligó a la familia a quedarse en Llanos del Pisuerga en el verano del 66. Y aquella debilidad de su salud propició que nos conociéramos. Íbamos a coincidir también en nuestra tendencia a enfermar.

Mi tía Esperanza, la menor de las hermanas de mi padre, servía en casa de los Bolaños cuando la requerían por alguna baja del personal interno de la finca o por algún motivo extraordinario, y siempre que las labores de la tierra le permitieran compaginarlo. Todas esas casualidades se dieron. Mi tía se encargaba del cuidado de Julia, de que comiera como dios manda y el proceso de convalecencia fuera lo más corto posible. Mantenían la fe en escaparse a la costa unos días al menos en las postrimerías de agosto.

Esperanza le habló de mí. Y a mí de ella. «¿Sabes que ese libro ya lo había visto yo antes?», me señalaba un día. «Pues estas canciones son las que escucha Ramón», le comentaba a Julia otra tarde. «Estos tebeos los leen los de vuestra edad, ¿cierto?», y con eso le demostraba que estaba al tanto de las tendencias. Julia se interesó por su fuente de información. Yo no pude resistirme a hacer lo propio. Hasta que un domingo por la tarde, y con la aquiescencia de todas las partes implicadas en las tutorías de uno y otra, la tía Esperanza me llevó a casa de los Bolaños.

Allí comenzó lo nuestro. Julia se fue después a estudiar Filosofía y Letras en Madrid, lo cual me impelió a esmerarme con el lenguaje. No podía enviarle una carta redactada de cualquier manera.

Como ese día del examen con Gallar no podía llamarla, me puse a escribirle. Le conté que, gracias al inglés de su madre y al de las historietas llegadas de Londres, el lunes me iba a poner a trabajar como ayudante del señor McNamara, un agregado comercial de la embajada de Estados Unidos que estaba en Barcelona como responsable de un asunto muy delicado y «vital para nuestro futuro». Eso nos había dicho Gallar, que al mismo tiempo nos rogó máxima discreción.

5

Si me hubiera ido a la guerra, la despedida de mi madre no habría sido más dramática.

—¡Anda, Piedad! Pero si lo vamos a tener aquí al *lao*.

Mi padre intentaba que no desbarrara, pero ella, con el rosario en la mano, miraba al cielo compungida.

Por más que me esforzaba, no lograba comprender cómo podrían protegerme aquellas plegarias de cualquier mal que me acechara en mi nuevo destino; de qué manera la intercesión de una humilde feligresa sería capaz de variar el curso de todas las fuerzas del destino para que su niño quedara incólume ante tanta maldad que andaba suelta, según la oía lamentarse.

—Abróchate este botón, que para eso te lo he reforzado —me ordenaba sin mirarme a los ojos.

Me apretó el del cuello de la camisa dentro de su ojal. Hizo lo mismo con el del abrigo jaspeado con el que había pasado los tres últimos inviernos, desde que dejé de dar los estirones febriles. Aún me valía, siempre que no me embutiera con jerséis de lana muy gruesa. Me alisó el pelo y me dio un frío beso en la frente antes de colgarme al hombro el petate con lo imprescindible.

Ir cada día a casa de McNamara hubiera implicado atravesar la ciudad en un trasiego infernal de trasbordos. La red del tranvía se encontraba en franca decadencia y, a pesar de que el metro estaba en expansión, solo crecía a lo ancho de la ciudad.

El norte quedaba en las afueras pudientes de los Ferrocarriles y tenía pocas o nulas conexiones con el sur proletario. También en eso había dos Barcelonas.

De todas formas, si me instalé en casa del americano no fue para que la intendencia me resultara más sencilla. Me mudé allí porque esa era una condición imprescindible del trabajo. McNamara podría requerir de mis servicios en cualquier momento; no tenía horarios. Era imposible prever cuándo surgiría un encuentro importante sobre el que tendría que dar cumplida cuenta esmerándome en su redacción.

Cuando llegamos, todavía no había amanecido. Gallar nos esperaba en la puerta, con las manos en los bolsillos y lanzando bocanadas de vapor. Nos saludó y se acercó hasta el taxi. Al bajarme, cuchicheó con mi padre a través de la ventanilla y le dio un par de billetes, quizás verdes, de mil. Me pareció entenderle algo así como que los cogiera, que pagara con eso también la vuelta y que el resto se lo tomara como un adelanto.

Steve McNamara se alojaba junto a la plaza de Sarrià, en un callejón que desembocaba en la explanada de la parroquia de San Vicente. Mi primer pensamiento fue para la paz que sentiría mi madre sabiendo que tenía allí a los suyos, protegiéndome de cerca.

Era una casa vieja, muy modesta, de dos plantas. La de abajo estaba arrendada a un matrimonio lechero, con sus dos vacas correspondientes. Aquel era el último rincón donde ni el más suspicaz de sus enemigos —y pronto iba a saber que no escaseaban— podría sospechar que estuviera el cuartel general del mayor de los conspiradores, un contrastado muñidor. Sin necesidad de un doctorado en sagacidad, concluí que McNamara llevaba el título de agregado comercial en las tarjetas de presentación porque no había encontrado otro eufemismo más apropiado. Con esa ganzúa se le abrían todas las puertas. El cargo le confería libertad de movimientos para verse con todos aquellos actores que el amigo americano considerara relevantes. El fin era meter mano en la dirección de escena del teatrillo de la nueva España que se estaba cociendo entre bastidores, mover a su antojo algunos peones, hacer de apuntador, observar de cerca los pasos ajenos y, a poco que el adversario se despistara o mostrara síntomas de flojera, hacerse con la vara de mando.

6

Gallar me dio el juego de llaves con las que abrió la casa de Mac. A McNamara todo el mundo lo llamaba así.

—No las pierdas. Solo hay dos copias: la de Úrsula y esta. La del americano es como si no las tuviera. Hay que estar siempre pendiente de él. Ayer mismo llegó con una tajada de padre y muy señor mío. Está acostumbrado, no te preocupes. Las duerme hasta bien entrada la tarde. Estos americanos son de una pasta especial. Se despierta medio trastabillado y cuando cae la noche es como si renaciera, con ganas de empezar a pergeñar lo que haga falta, dispuesto a enlazar un sarao con otro. La actividad comercial es muy dura, ya me entiendes. Hay que comer mucha langosta con champán para llevar la mortadela a casa.

Me aleccionaba mientras me iba mostrando las estancias que se repartían a izquierda y derecha en un interminable pasillo alumbrado por unas lámparas horrendas, una especie de candelabros de los que lloraban unas bombillas negruzcas. Y lo hacía sin remilgos ni bisbiseos.

—Mac duerme como un bendito allí al fondo. —Gallar tenía la virtud de adelantarse a aquellas preguntas que, remolonas en mi prudencia y enredadas en mi timidez, yo reprimía—. Ah, y la tal Úrsula es la mujer que lleva la casa. Está interna. Una urgencia este fin de semana la ha obligado a irse a Huesca. Su autobús llega dentro de un rato.

En un extremo de la planta superior se encontraba mi habitación. Me pareció amplia con sus dos enormes estanterías llenas de libros junto a un armario ropero que olía a serrín y a lavanda. Una vez colgados los tres pantalones y otras tantas camisas de mi equipaje —incluida la muda para los domingos—, daba la sensación de que el anterior ocupante de aquel dormitorio había tenido que salir a la carrera desprendiéndose para siempre del género más trillado. Mucho tendría que crecer mi vestuario para que el guardarropa pareciera vivido.

Sobre el escritorio, un paquete abierto de Celtas encima de un ejemplar de *Valiant*. En las estanterías, algunos tebeos e historietas inglesas de las que le mencioné a Gallar, casualmente.

—Ramón, recuerda que trabajas con él, pero lo haces para nosotros. —Su voz cambió. Había dejado de ser mi tutor para ser el superior en la escala de mando—. Obedece. Sé fiel. Cumple sus órdenes. Pero no olvides nunca a quién le debes lealtad. No nos veremos mucho, aunque me mantendrás permanentemente informado. —Apontocó el botín corto del pie derecho en una silla de madera y así alcanzó a abrir el altillo. Sacó de allí un balón de cuero desgastado—. Esta tarde, a las cinco, vete a darle unas patadas contra el muro de la iglesia de enfrente. Llegará en bicicleta un chaval de tu edad. Se llama Víctor, y lo primero que te explicará es que hace de monaguillo en algunos oficios. Él será tu contacto.

Escribe Paloma:

«A los 12 años, mi madre me hizo acompañar al amo a su habitación. Me hizo todo lo que quiso. Luego en Madrid, en la primera casa, el señorito me quiso hacer eso. Me defendí y me despidieron sin pagarme. Ahora estoy en otra casa. Desde que la señora murió, el amo se mete en mi cama. Todos los días quiere. Dice que le dé un hijo y me comprará un piso. ¿Qué hago, señora Francis?».

«Usted es la única persona que puede ayudarme en esta vida. ¿Qué hago, señora Francis?» pregunta angustiada.

Querida amiga, la vida ha sido muy dura contigo. Trata de lograr que te compre el piso poniéndolo a tu nombre. Si lo hace, tendrás un capital y un sitio donde vivir. Si consigues el piso, habrás logrado algo positivo después de tantas humillaciones. Serás capaz de rehacer tu vida.

Del Consultorio de Elena Francis

$\mathcal{N}$o acerté, ni por asomo, con la idea que me había hecho sobre cómo serían Úrsula, Víctor y Mac. Los nombro por orden de aparición en mi película.

Ella no podría ser mi madre. En todo caso, mi hermana mayor. O mi prima. Es posible que, iluso de mí, pensara que en Úrsula iba a encontrar el afecto y cobijo de la madre ausente. La mía había estado desaparecida, escondida en sus rezos durante el combate de mi adolescencia. Úrsula, lejos de eso, logró que mucho tiempo después todavía fuera hiriente recordar la primera vez que me clavó la aguja de su mirada. Fue al llegar del pueblo, antes de soltar la maleta. Plantada en la puerta de mi habitación, me dio los buenos días y se limitó a informarme de los horarios de comida y los días de lavado y planchado de ropa, «la de vestir y la de cama». Todo esto lo recitó con la frialdad y desgana propia de un veterano camarero hastiado.

Después de tantos años, no soy capaz de precisar si el *Consultorio de Elena Francis* lo escuchaba todavía en Radio Barcelona o había saltado ya a Radio Peninsular, o si en aquellas fechas le era más fiel a otro programa de naturaleza muy similar, la sección de Montserrat Fortuny en *Radio Fémina* de Radio España. Eso es lo de menos, porque muchas tardes en las que me hallaba ocioso y disponía de la intimidad suficiente, me merendaba o bien uno o bien otro. No era algo que le confesara abiertamente a nadie. Ni siquiera podía formar parte de las confidencias con quien al principio sospeché que era un capillitas y pronto sería mi mejor amigo.

Víctor llegó puntual mientras yo pateaba el balón, tal y como me había advertido Gallar. Montaba una BH de color azul, la bici que siempre había quedado fuera de los posibles de mis padres. Se ofreció a compartirla conmigo desde aquel día, como tantas otras cosas. Yo con él, no. No todo, porque lo de Elena Francis me lo guardaba. ¡Cómo iba a explicarle, sin avergonzarme, que me fascinaban aquellas historias de amoríos, de queridas y de bajas pasiones! Aun tamizadas por la censura moral de la época, me recreaba en ellas con mi oído atónito y mi sangre alterada. A esas horas me pillaba especialmente receptivo de sensiblería después de haberme dado el atracón correspondiente del serial de Sautier Casaseca, el que tocara. Así que, más de una vez, las peripecias de las «queridas amigas» sirvieron para azuzar mi explosión hormonal dando rienda suelta a mis pensamientos más impuros. Por la noche los resolvía en tres sacudidas mal dadas bajo las sábanas. A veces

34

pensaba en Julia. Pero otras veces era Úrsula la que se colaba en mis fantasías sin que mi mente la evocara de manera explícita. Tal vez por ser la única mujer con la que tenía a diario el roce propio de la convivencia. Quizá porque respondía, por edad y hechuras, a cómo se me corporeizaban en mis delirios las remitentes de las cartas de la radio. O tal vez era una manera de acercarme a ella, de salvar el vacío que me provocaba su falta de afecto y su desdén; una venganza por su actitud displicente.

Me falta por mentar a Mac y la inquietante impresión que me llevé al verlo por primera vez. No apareció antes de las siete de la tarde. Salió de su dormitorio un ser renqueante, de caminar zombi. Fue una intervención tan estelar como breve, obligada por una visita al baño. Volvió de inmediato a su guarida tras un violento portazo. Visto y no visto. Aunque tuve tiempo para captar una imagen inédita de quien tenía fama de *dandy*, con el pelo canoso totalmente revuelto en una anarquía que dejaba a la vista las calvas que solía maquear a base de domar aquellas greñas con litros y litros de laca. Con la boca pastosa chamullaba cosas ininteligibles no solo para mi limitado nivel de inglés. Vestía tan solo unos calzoncillos de color vainilla de pernera larga. Debían ser sus gayumbos favoritos porque eran como los que tuvimos que quitarle alguna que otra noche en casa, o al recogerlo en posada ajena, en madrugadas en las que ya no era capaz de valerse por sí mismo. También fueron esos, o unos exactos, los que llevaba enrollados por los tobillos y empapados en sangre cuando lo encontramos en el *meublé* de la Bonanova en la caída de mayo.

35

Madrid, octubre de 2019

$\mathcal{H}$e vuelto a casa en tren confundido entre el paisanaje, como un día cualquiera. Creía que me iban a reconocer después de las imágenes que han dado la vuelta al mundo. He levantado la vista esperando que alguien detectara en mi mirada, o sobre mis hombros, el peso de la historia que me acompañaba. No he captado ningún gesto de reproche. Y eso que lo he buscado. A veces, de manera desafiante, apuntando con el mentón, incitando a que escupieran su bilis. Pero ni por esas. Temía que se me transparentara ese halo de mala conciencia: «¿A que me calan?».

Ni siquiera he distinguido algo similar a la sospecha en los ojos del hombrecillo calvo de patillas frondosas y pelusas ensortijadas en el cogote. Nos hemos sentado frente por frente. Ha cogido con gesto airado el periódico gratuito, uno de los que dormitaban muertos de asco sobre la repisa portaequipajes desde primera hora de esta mañana. Entonces ha soltado un bufido nasal exento de la más mínima norma de cortesía civilizada y ha desplegado el diario en un latigazo eléctrico. Ha sido un alivio ver que solo lo hacía con la intención de parapetarse tras él. He puesto la oreja y me ha dado la sensación de que desde su trinchera mascullaba sapos y culebras ininteligibles contra quienes salían en portada. Yo soy uno de ellos.

La historia me ha traído hasta aquí. Cuando hace más de cuarenta años acepté el trato, no podía imaginar las consecuencias. Le debo la verdad a los que esporádicamente detectaron algunos movimientos o tuvieron noticia de nuestras actividades. No hubo más remedio que diagnosticarles esquizofrenia, o si su insistencia no pasaba de un grado leve, con tacharlos de conspiranoicos era suficiente para neutralizarlos mientras ese estigma provocaba entre sus semejantes una risilla propia de la superioridad intelectual con la que les acaban perdonando la vida a esos pobres diablos.

Como a mí. O eso parece. En los últimos meses he vivido con el convencimiento de que alguien que estuviera al tanto iba a despertar a la bestia. Todo me parecían señales de que no iban a demorar mucho el momento de callarme la boca descerrajándome un tiro certero al girar una esquina, a la antigua usanza. Aunque tal vez optaran por apuñalarme en un callejón, llevarse el reloj y la cartera, y que la estadística lo reflejara en el apartado dedicado a las consecuencias de la creciente ola de inseguridad ciudadana.

Milagrosamente, el tren tampoco ha descarrilado.

9

Barcelona, 1968

Siempre preferí que Mac citara a sus interlocutores en la casa parroquial, incluso en la mismísima sacristía. Esta se reservaba para aquellas reuniones en las que hubiera que extremar la cautela, como los encuentros clandestinos con los sectores señalados como subversivos. Había que blindarlos, en la medida de lo posible, para que no fueran profanados por los de la OCN, los servicios secretos responsables de doblegar a los adversarios sin miramientos.

—¿Pero no estamos en el mismo equipo, señor? —le consulté a Gallar.

—Esto no es un folletín. La vida es algo más complicada, Santolaya.

Cuando me llamaba por el apellido es que estaba a punto de acerar su grandilocuencia. No había que desdeñar sus palabras. Yo tomaba apuntes.

—No es sencillo saber hacia dónde dispara cada cual en la confusión de la guerra. Nosotros estamos en las trincheras de la información. Pero hay otros que quieren saber qué sabemos. Llevan la misma equipación pero, si te fijas, el escudo es diferente. Mantén los ojos y los oídos bien abiertos. No te confíes ni bajes la guardia nunca. Muchas veces creerás que quien tienes delante sabe algo que tú desconoces y que él actúa con esa ventaja. Es mentira en todos los casos. Él también teme eso mismo de ti. Y esta es la única verdad.

Así que, por muy grande que fuera la amenaza de salir escaldados por la naturaleza del invitado, yo prefería mil veces una reunión en la sacristía, incluso con aquellos cuatro chalados del FNC (Front Nacional de Catalunya). ¡Angelitos! Llegaron a creerse una especie de ejército catalán de liberación con capacidad para encararse con las «fuerzas franquistas de ocupación». Aunque fuera con aquellos botarates, siempre tenían menos consecuencias las charlas en la sacristía que no una aparente velada plácida con caballeros de la diplomacia.

Como la maldita fiesta en el consulado noruego. Se celebró con motivo de la visita del nuevo embajador recién llegado de Madrid, al que iban a agasajar por todo lo alto, para que supiera cómo se las gastaba la Barcelona de bien y lo capaces, modernos y europeos que éramos por aquí, dispuestos a recibir a los nórdicos y escandinavos en general con las playas abiertas; que nos reconocieran, si no como una democracia (¡qué más daba eso!), sí por la voluntad emprendedora de hacer negocios y caja. A principios de año, el nuevo embajador ya había procedido a la entrega de las credenciales a su excelencia. A Franco. ¿Había otra manera más clara de bendecirnos?

Pero lo que iba a ser un sarao nórdico y sobrio se lio y acabó en drama.

10

Cuando noté su aliento frente a mi boca creía que estaba en plena ensoñación. Abrí los ojos, pero tardé unos segundos en conseguir que mi duermevela hiciera el cambio de guardia al estado de alerta. Úrsula zarandeaba suavemente mi hombro.

—Lleva sonando el despertador más de diez minutos. Vamos, niño.

Mi erección no podía pasar desapercibida. Ladeé el cuerpo y me encogí. Ella dio un paso atrás. Estaba en camisón. Llevaba los labios pintados.

—¿Qué hora es? —acerté a preguntarle.

—Más de las cinco.

—¿No ha vuelto?

—No. La puerta de su habitación está abierta de par en par. No hay nadie.

El campaneo del despertador volvió a vibrar en la mesita. Lo paré de un manotazo con el que también arramblé los folios que había dejado a medio escribir la noche anterior, al volver de la fiesta en el consulado, rendido por el sueño. Debería ser más cuidadoso. Úrsula podría haber leído a vuelapluma algo de aquellos informes. Aunque lo que me provocó un acceso de rubor fue la idea de que le hubiera echado un ojo a la carta a Julia, también inacabada. Cada vez me resultaba más complicado hablarle de mis cosas. Por un lado, no podía entrar en detalle de la vida que llevaba, por razones obvias, y me había creado un personaje epistolar que se alejaba cada vez más de la realidad. Y por otro, constataba que mi capacidad de producción literaria no era infinita y estaba vampirizaba por la agotadora redacción de los informes sobre el día a día de Mac.

—¡Pero quieres reaccionar de una puñetera vez, alma de cántaro!

Di un repullo con la regañina de Úrsula.

—Pídeme un taxi, por favor. —Le hice un gesto para que me dejara solo.

Me vestí con la misma ropa que llevaba tres o cuatro horas antes, el ratito en el que había logrado conciliar el más dulce de los sueños, y comprobé que mi camisa con lo único que había hecho buenas migas era con aquel helor hostil. Rebusqué en el bolsillo derecho del pantalón. Allí estaba el papelito arrugado con la dirección de la casa donde Mac decidió acabar la farra.

Al taxista se le torció el gesto cuando le dije dónde íbamos. Antes de que me mandara a paseo, le aclaré que la carrera corta estaba justificada en previsión del paquete que tendríamos que traer de vuelta.

El *meublé* quedaba a cuatro o cinco manzanas subiendo por el paseo de la Bonanova. Víctor llegó allí en dos pedaladas. Nos encontramos en la puerta justo cuando una voz femenina, ronca de aguardiente, respondió por fin a mi tercer golpe de aldaba.

—Esto está cerrado, muchacho —escuché desde el otro lado.

—Vengo a buscar a alguien.

—Aquí no queda ni dios, ni las chicas.

—Pues tiene que quedar.

—Gallar está llegando —me susurró Víctor.

La madama abrió a regañadientes. Nos invitó a esperar sentados en la antesala de la portería, en un sofá bajo y derrengado que apestaba a humanidad de mil batallas. Nos examinó con ojos escépticos y vidriosos, rodeados de un cerco corrido de rímel. Vimos su espalda enguatada perderse escaleras arriba. Oímos cómo golpeaba con los nudillos una puerta con bisagras quejosas.

Allí la esperaba el espectáculo dantesco.

Se dejó la voz en un grito desgarrador, inhumano.

Víctor y yo salimos escopeteados hacia arriba, con las alas puestas en los pies y un escalofrío revistiendo nuestros corazones.

La regenta estaba de rodillas en el suelo, a los pies de la cama. Se tapaba la boca con las manos y en la mirada se le había cruzado el horror y la sombra de la visita de la locura, quién sabe si para quedarse con ella a pensión perpetua.

McNamara dormía en un estado próximo al coma etílico. A su lado yacía el cuerpo de una chica. No tendría más de diecisiete años. También ese era el número de puñaladas que le habían asestado para acribillar su frágil cuerpo. Todas con saña, entre la cintura y el pecho.

No había ni una sola evidencia que no apuntara a mi superior inmediato como el único autor posible de aquella carnicería.

43

11

$\mathcal{N}$o sabría decir el tiempo que estuve delirando con fiebres altísimas. El médico que vino a reconocerme sentenció que aquel cuadro había que achacárselo a una gripe de padre y muy señor mío. Además de suceder en las fechas propicias para una de las dos dentelladas anuales que me daba el virus, la estadística ya se estaría extrañando de que hubiera pasado aquel invierno sin un simple catarro, una faringitis común o una trabajosa bronquitis. Que la primavera estuviera a punto de despedirse sin dejarme una muesca también era digno de ser destacado. A ver si iba a resultar que, ahora que había salido del territorio de sobreprotección materna, iba a andar pavoneándome por ahí, sanote como un chicarrón del norte, inmune a cualquier avatar. Hasta aquel año, los cambios de aires me dejaban fuera de juego con más asiduidad que a la media de la población juvenil. En el colegio llevé la etiqueta de «niño de salud quebradiza». En el barrio simplemente era conocido como el Malaltó.

Pero la epidemia vírica no era la única que podía explicar mi estado. El impacto emocional recibido en el piso de la Bonanova tuvo que contribuir para dejar mis defensas noqueadas y mis entendederas con las luces cortas durante, al menos, un par de semanas.

Guardo unos recuerdos muy vagos, entrelazados con imágenes que quizás llegaron de la realidad para enmascararse en mis sueños, y no descarto que también ocurriera en el sentido contrario.

Empiezan a ser confusos desde el momento en el que Víctor y yo cargamos con Mac. Apoyamos sus brazos sobre nuestros respectivos hombros. A duras penas lo pudimos meter en el taxi. Una vez en casa, contamos con la inestimable colaboración de cuatro manos más para subirlo hasta su cama: las del taxista, motivado por la generosa propina que le soltó Gallar para que fuera tan diligente como discreto, y las de Ignacio, el lechero de la planta baja, que se ofreció para una operación que sospecho que no le era ajena por la maña que se daba. Algún que otro regreso errático del guiri habría coincidido con la hora a la que él empezaba a ordeñar su par de vacas.

Fue dejar a Mac en su cama y llegar a duras penas a la mía. Allí me exilié unos cuantos días, entre sudores y tiritonas. Perdí la noción del tiempo. Solo me llega la imagen de un hombre que me resultaba familiar, pero al que no lograba identificar. Cada vez que me giraba estaba apostado en una esquina próxima de mis sueños, con la barbilla apuntando hacia su esternón. Distinguía su inconfundible gabán, pero el rostro quedaba ensombrecido por el ala de su sombrero y tras el humo de un Celtas corto, como los que yo había empezado a tentar pocas semanas antes. Me arrepentía de aquella idiotez. Por llenar las horas muertas entre encargo y encargo, había añadido otro factor para que aquella galipandria pudiera acabar conmigo.

Llegué a barajar que el misterioso hombre sin cara fuera la representación misma de la muerte. ¿Quién impedía que en mi imaginario vistiera así y fuera hombre, en lugar de una parca al uso con capa y guadaña?

Reforzó mi teoría el hecho de que hubiera estado plantado en la puerta de mi dormitorio con la misma pose. Creí olisquear el olor tostado del papel del cigarrillo. Un acceso de tos acabó con aquella ensoñación, si es que fue tal, que lo dudo.

Albergo también otras ensoñaciones que se refieren a Úrsula.

—Tómate esto —me decía entrando con una bandeja desde la que humeaba un tazón de caldo hirviendo—. Es mano de santo. Resucita a un muerto.

No sé si poseía la virtud milagrosa que prometía, pero me achicharraba el esófago y me brotaban unos sudores que ella enjugaba con paños empapados en el agua fresca de una jofaina. Es posible que haya idealizado el cariño que ponía en aquellos cuidados. Nunca se había mostrado tan afectuosa conmigo.

Tras dos semanas largas, logré tener un despertar lúcido y la fuerza de ánimo suficiente para incorporarme de la cama. Antes de abrir la puerta de la habitación, pegué el oído y no me llegó ningún rumor de los canturreos habituales de Úrsula mientras trasteaba piso arriba piso abajo, ni el chocar de platos y otros avíos de cocina. Debía ser la hora a la que bajaba a la plaza a hacer la compra del día. Estaba solo.

Crucé la casa de puntillas, como ladrón en morada ajena. En el pasillo se iban proyectando, unos sobre otros, en un juego de espadachines, los rayos de la luz espolvoreada de media mañana que irrumpían desde los ventanales, por lo que, unido a mi vista desacostumbrada al fulgor, no fui capaz de percibir que la puerta de Mac estaba abierta de par en par hasta que no me planté en su umbral. No me hizo falta pasar de esa línea para darme cuenta de que el americano había levantado el campo. La cama intacta a esa hora bastaría como prueba para cualquiera que conociera sus hábitos. No quedaba rastro del altar de fotografías que atestiguaban ilustres momentos de su carrera, como cuando fue condecorado por el presidente Johnson, o aquella otra que honraba a su eterno amigo y auténtico valedor, Christian Herter. En una ocasión le había preguntado por él. Me llamó la atención su planta de galán de cine con cierta retirada a Cary Grant. Mac me confesó que era la foto a la que más cariño tenía y me enseñó sin disimular su orgullo la portada de un ejemplar de *La Vanguardia* que anunciaba su muerte y glosaba su carrera: secretario de Estado con Eisenhower, primer Representante de Comercio, cargo creado por JFK a su medida, y que mantuvo bajo el mandato de Johnson. Un estadounidense con porte europeo. Había nacido en París. Sus padres eran artistas nómadas, lo cual le había dado una amplia visión del mundo y un don de gentes que transmitió a su discípulo aventajado, a Mac, ahora en paradero desconocido. Tenían carreras similares. También se daban un aire en el porte.

Temí que su inmunidad diplomática no le hubiera servido a Mac para sortear las evidencias que lo inculpaban. Sabía de buena tinta que más de uno en la Dirección General de Seguridad le tenía ganas. Y según en qué manos, no le iba a costar demasiado frotárselas y encerrarlo de por vida. A otros expedientes que presentaban muchas más dudas razonables se les había dado carpetazo sin contemplaciones y el sospechoso se pudría chupando calabozo durante años. No sin llevarse la somanta de leches preceptivas. «Y esta otra hostia porque me sale de los mismísimos cojones.» Eso, textualmente, habían escuchado estos oídos en una de aquellas visitas que les hacíamos a los detenidos en Via Laietana bajo el auspicio de uno de los nuestros, si este hacía la vista gorda y Mac se colaba en el papel de abogado y yo en el de su pasante.

No quise sacar conclusiones precipitadas ante el panorama desolador, aunque una era muy visible: los hombros del galán de noche que siempre había visto arropados por un traje al corte de sastre, en marino o marengo oscuro, estaban al aire, pelados en madera.

Abrí el armario. La puerta andaba algo descolgada y, del tirón que di, el mueble estuvo en un tris de descoyuntarse. Lo único que me esperaba dentro era una ristra de perchas huérfanas chocando entre sí por el zarandeo.

En ese momento, me pareció que alguien estaba trasteando con las llaves en la cerradura.

Salí por piernas hacia mi habitación. Me puse a mirar por la ventana intentando una pose que diera a entender que llevaba allí apostado un buen rato. No era sencillo encubrir mi resuello. El sudor que me resbalaba por la frente, además del que me recorría la espalda, podrían atribuirse a mi convalecencia gripal.

No hizo falta justificar nada de eso. Úrsula no pasó de la entrada. La oí abrir y cerrar el cajón del sinfonier del recibidor y enfilar las escaleras hacia la calle.

Con la palma de la mano aparté la humedad condensada en el cristal. Miré hacia abajo y otra vez me deslumbró un sol que mis ojos habían tenido olvidado. Cuando logré enfocar, vi a Ignacio, el lechero. Estaba en la puerta de la vaquería apurando un cigarro. Antes de que se metiera en su negocio, llegó Úrsula y le entregó algo que no logré ver. Le estaría pagando la cuenta de la semana. Quizás acababa de subir a por el dinero.

A ella la perdí de vista cuando se despidió y echó a andar bajo un pequeño saliente del edificio. En ese instante, el misterioso hombre del gabán y la cara sombría se acercó a Ignacio mostrándole un cigarrillo apagado. Mi vecino le ofreció un mechero que prendió al segundo intento. El tipo del sombrero puso la mano delante del zippo para proteger la lumbre y el Celtas del viento. Aspiró con fuerza una primera calada y la expelió con el mismo vigor, levantando la cabeza, como si me buscara tras la pequeña capa de vaho que se había vuelto a formar en la ventana. De nuevo me cegó un rayo del sol que se acababa de zafar de la única nube que sobrevolaba Sarrià, pero me pareció adivinar una mirada siniestra.

12

Madrid, octubre de 2019

$\mathcal{N}$adie imaginaba este final. Miento. Quizás yo era la única persona que temiera que se descubriera todo el pastel, aunque jamás de la manera en que se están desencadenando los acontecimientos. Veremos si son capaces de llegar a atar cabos, o si surgen testimonios que me relacionen con los hechos. Me estrujo las meninges haciendo memoria sobre quién pudiera quedar vivo de entre los presentes en aquel episodio en 1975, sobre quién podría delatarme.

Todas las radios están hablando de lo mismo. Zapeo por el dial porque no tengo estómago para ver las caras de los sabelotodo que se gustan y se recrean en la bazofia de sus mentiras y especulaciones, y las quieren hacer pasar por la única verdad verdadera. En la radio guardan algo más el decoro que en las tertulias-espectáculo de la tele. No obstante, en según qué ventanillas también sirven material adulterado.

Ahora todos suspiran por conseguir al tal Jesús. Me mosquea su testimonio. Igual ni se llama así. Cuando en un programa de actualidad o un magazín presentan a alguien solo por su nombre de pila, sin más filiación, es muy probable que se trate de un seudónimo. Pues bien, las palabras del tal Jesús en *La Ventana*, de la SER, han cobrado un valor inusitado dos días después de ser emitidas y las están replicando en todos los medios. Las he leído entrecomilladas en los periódicos, y antes de que tuviera que apagar la tele del demonio, también ahí salían.

Cuando lo llamaron, imagino que la intención no era otra que la de hacer un poco de salseo propio de este tipo de historias; lo delata el tono. Pero ahora ha estallado todo por los aires. Nunca mejor dicho en relación al helicóptero: no está tan claro que su caída se debiera a un fallo mecánico; podría haber sido provocada, un atentado.

—Entonces, Jesús, ¿dices que desde hace muchos años corre por ahí una teoría (no sé si llamarla leyenda urbana) de que Franco no está enterrado donde todos creemos que está enterrado? Por lo tanto, la del jueves no sería la primera exhumación…

—Así es, Carles. Es más, hay testigos. Yo he hablado con uno de ellos. Testigos que dicen haber estado presentes en el momento en el que, para evitar que como consecuencia de un acto vandálico organizado por sectores radicales de la época (por comunistas, por anarquistas) se pudiera llegar a profanar la tumba del dictador en el Valle de los Caídos, se trasladó su cuerpo, con nocturnidad y absoluto secretismo, hasta los jardines del huerto de los monjes.

En Interior también están analizando la grabación y andan buscando como locos al tal Jesús. Todo dios anda movilizado: desde los peritos expertos en acústica forense hasta los mastuerzos que se mueven en el finísimo hilo de la legalidad con métodos dudosos, capaces de apretarle las tuercas al tal Francino, a su equipo de producción y a los gerifaltes de la SER, si no fructifican las gestiones que están haciendo más arriba.

Me suena la alerta del móvil. Noticia. Imágenes exclusivas. Entramos en otro nivel. Un diario digital se ha hecho con la prueba gráfica de que la caja mortuoria que custodiaban la ministra y mi compañero, junto al nieto de Franco, no estaba ocupada por la momia del general.

O, al menos, no solo por él.

13

Barcelona, 1968

Úrsula consideró que aún me veía «muy flojeras» y se ofreció a cargar con un barreño enorme de agua caliente que había puesto en el fuego de la cocina. Fue el mejor baño de mi vida. Lástima que una sola idea estaba dale que te pego revoloteando en mi cabeza, en bucle: ¿qué había sido de Mac, qué suerte había corrido?

Úrsula no me decía ni mu. No sabía cómo sacarle el tema para no delatar mi incursión curiosa en el ala del piso que pertenecía a Mac. No es que me estuviera vetada, pero tampoco permitida.

Nos sentamos a la mesa a comer. En silencio. Había preparado un puchero.

—Tú te crees que me chupo el dedo, ¿no? —soltó rompiendo el ritmo acompasado del cuchareteo que nos traíamos.

Me quedé con el brazo a medio camino, entre el plato y la boca, sin atreverme a mirarla a la cara.

—Vamos, que a lo mejor han sido los fantasmas los que se han dejado el armario abierto de par en par.

«Las puñeteras prisas.»

—Anda, acábate eso y échate un rato —zanjó con condescendencia—. A las cinco y media vendrá Gallar. Él te pondrá al corriente.

—¿Y mis padres?

—¿Tus padres? ¿Qué pasa con tus padres?

—¿No han preguntado por mí? ¿No se han extrañado de mi ausencia todos estos días? No hemos hablado. ¿No han dicho nada?

—¡Ay, sí! ¡Qué cabeza la mía!

Me pareció una interpretación pésima por su parte. Sin levantarse, ladeó la silla para alcanzar a abrir la parte baja del aparador que quedaba a sus espaldas. Junto a los periódicos antiguos que se guardaban para prender la chimenea, en la balda superior, reposaba un sobre que me alargó.

—La carta llegó la misma mañana que pasó lo que pasó. Cuando caíste enfermo.

No tenía remite, aunque reconocí la letra de mi madre. La abrí con cierta ansiedad y comprobé que, aunque la hubiera escrito ella, el lenguaje y los giros eran de mi padre. Lo delataban los eufemismos y los recursos cómplices de los que estaba plagada.

El protocolo era cada vez más estricto. Venía impuesto «desde arriba», según nos había aleccionado Gallar. Dada «la prohibición taxativa del uso del teléfono», si me quería poner en contacto con mis padres debía escribirles. La carta, sin pasar por correos, iría a la oficina del Instituto y, desde allí, un chico la llevaría en bicicleta a casa.

Ellos harían lo mismo. «Háganme caso, la situación se está poniendo muy fea. Es por su seguridad y la de Ramón.» Gallar los había convencido una vez más, aunque mis padres empezaban a dudar de si aquel servicio que estaba haciendo por la patria merecía la pena; si aquello —que sí, que estaría contribuyendo a hacerme un auténtico hombre de provecho— no era demasiado arriesgado para, total, cuatro duros que nos embolsábamos, de los que no veía ni medio. Solo me caían tres chavos «*pa* mis vicios».

Conservo aquella carta como una pieza de coleccionista. Es enternecedor leer a mis padres jugando a los espías. No en vano, después de las del Oeste, las de ese género eran sus películas favoritas. Vista con ojos de ahora, se me antoja hasta demasiado fantasiosa.

La esquina superior la rasgué sin querer al abrirla y está remendada con celo. Es un auténtico monumento a la creatividad a la que no había más remedio que recurrir para salvar la mirada indiscreta de los ojos del enemigo en un tiempo en el que todo se movía por debajo de la mesa, y en el que salían grupúsculos con ínfulas de ejército por doquier. Como un «ataque y gol» del patio de colegio: solo una portería y tantos rivales como jugadores se afanaban en hacerse con el balón, asfixiado entre una maraña infinita de piernas. Si alcanzaba la red, eran varios los brazos al aire que reivindicaban su autoría.

Esta es la carta fechada en Covarrubias, provincia de Burgos.

> Querida Patri:
>
> Espero que estés bien al recibo de la presente. Yo también, a Dios gracias.
>
> Solo te escribo estas cuatro letras para decirte que siento mucho tener que cambiar los planes. Finalmente, no podremos pasar unos días juntas ahí en Barcelona, donde nos conocimos hace ya catorce años. ¡Qué barbaridad, cómo pasa el tiempo! Me lo impiden razones de fuerza mayor. Malogradamente, acaba de enfermar un amigo de la familia. Está muy grave. El médico dice que puede ser cosa de días. Mi marido no cree que sea oportuno dejar a su mujer e hijas sin cabeza de familia que se ponga al frente de las labores de las tierras.
>
> Disculpa una vez más mi español tan pobre. Por más que lleve viviendo tanto tiempo en este estupendo país, no lograré aprenderlo nunca. Mi hija me ha ayudado en esta carta.
>
> Muchos recuerdos y besos de tu amiga, siempre
>
> A. Graham

Lo de Patri no estaba escogido al azar, era el nombre de la prima del protagonista de mi novela favorita, la de Martín Vigil. Anne Graham era la madre de Julia, y a la sazón esposa del conde al que peloteaba mi abuelo. Deduje que era él quien había caído enfermo y que mis padres, ante el pronóstico tan poco esperanzador, no habían querido dejar a mis tías y a mi abuela solas y se habían marchado unos días al pueblo. ¿Por qué remitían la carta desde Covarrubias? Era uno de los enclaves donde se había rodado *El bueno, el feo y el malo*. Mi padre no daba puntada sin hilo.

La leí mil veces tumbado en la cama, por si se me había resistido algún jirón agazapado entre líneas. Y llorando. A ratos de emoción y a ratos de rabia. De fondo, bajo el chorro del grifo de la cocina, chocaban entre sí los platos y cubiertos.

Tal vez el sopor me atrajo a sus dominios en una siesta breve aunque profunda. Cuando la descabecé, en la casa se había hecho el silencio casi absoluto. Solo me llegaba el leve eco de un balón pateado una y otra vez contra la tapia del huerto de la casa parroquial. Desde la ventana pude ver a un chaval más o menos de mi edad pero con un flequillo y un chaleco con los que yo jamás osaría presentarme en público. Dejó de jugar al frontón/fútbol cuando puso pie en tierra Víctor, que se presentó con un derrape de la BH. Supuse una conversación muy parecida a la que mantuvo conmigo el primer día. Si era un nuevo reclutado, nunca supe a qué se dedicó ni qué habilidad habrían encontrado en él; no coincidimos jamás. Tampoco osé preguntárselo a mi amigo.

Me dispuse a vestirme. El americano no tardaría en llegar. En ese momento noté la respiración de Úrsula detrás de la puerta. Ya no eran delirios míos. Me acerqué intentando que no percibiera mis movimientos. La imaginé con la cara apoyada de medio lado, auscultando la madera con el oído. Escogí fantasear que ella hacía lo mismo que yo cuando suponía que estaba durmiendo, cuando me acercaba a sus sueños todo lo que me estaba permitido, fantaseando con cruzar el límite algún día. También quise pensar, cuando las pisadas saltarinas de sus pies descalzos ya se alejaban por el pasillo, que se recluía en su dormitorio y me llevaba en su mano y con ella se recorría el cuerpo.

14

La cara de nuestro primer muerto no se desvanece nunca. De haber dispuesto de cierta virtud para el dibujo, habría perfilado con exactitud su última mirada. La retina tiene memoria; en la mía se había instalado para siempre. No se me iba de la cabeza su expresión dulce y serena, extrañamente opuesta a todo el sufrimiento que tuvo que haber padecido aquella chica mientras se despedía de esta vida, dejando su torso en suerte al asesino que lo cosió como si fuera un saco de grano. Tuve pesadillas en las que la veía así, colgada en un pajar, y de cada una de las diecisiete heridas brotaba trigo para luego, en el suelo, convertirse en charcos de sangre pastosa donde se quedaban pegadas las suelas de mis zapatos y no podía avanzar.

Estuve repasando los diarios atrasados que se acumulaban en la parte baja de la vitrina de la que Úrsula sacó la carta de mis padres. Hice una pila y amontoné los de fecha posterior. No encontré ni una sola referencia. «Quizás en *El Caso*.» Se lo encargaría a Víctor, al que ya le quedaba como un traje a medida el título de «conseguidor».

Después de mi vuelta a la vida, tuve mucho más contacto con él. Nos veíamos casi a diario, en una sala adjunta a la sacristía donde me habían montado «el tenderete», como decía con sorna el párroco, Mossèn Josep, a quien imagino al corriente de todo. Incluso a los ojos de su Dios es imposible que no pasara como nuestro cómplice.

A mí me escamaba que, representando aparentemente a la oficialidad, tuviéramos que seguir urdiendo algunas tareas de manera clandestina. Como la que Gallar me acababa de endilgar y que nada tenía que ver con lo que me contó cuando vino a verme.

Actuó de forma muy misteriosa, por no decir extravagante. Hablaba declamando. Proyectaba la voz. Miraba hacia las esquinas del techo mientras iba celebrando que estaba muy contento por mi mejoría y que los médicos creían que todo evolucionaba favorablemente y que pronto podría volver a clase. Viendo mi cara de estupefacción, me guiñó un ojo y dejó sobre la mesa camilla un trozo de papel arrugado que sacó del bolsillo de su americana. Me hizo ademán de que lo cogiera: «Sígueme la corriente».

Lo leí y se lo devolví.

—¿No tendrás un cigarrillo?

Le di lo que quedaba de un paquete. No lo tocaba desde antes de las fiebres. La simple evocación de darle un tiento todavía me provocaba náuseas. Gallar se encendió uno y sentí que me faltaba la respiración y que me quedaría en el sitio. Le traía al pairo el estado real de mi aparato respiratorio, a punto de salírseme por la boca en pleno ataque bronco de tos. Pero quizás aquella fue la única manera que se le ocurrió para no dejar rastro del papel escrito, que acabó entre las cenizas.

La explicación que me dio en alto, por si llegaba a micrófonos u oídos indiscretos, fue que a partir del día siguiente iba a echar una mano al párroco.

—Se trata de poner al día los archivos. Me ha pedido ese favor. Y he pensado en ti. Eres la persona idónea para ese trabajo. Cada vez que alguien solicita una partida de bautismo es como buscar una aguja en un pajar. Hay que poner orden, Ramón. Hay que poner orden entre tanto papelajo, macho.

En mi nuevo destino me esperaban decenas de carpetas atadas con gomas que contenían unos documentos que no tardé en reconocer: los informes que yo mismo había escrito no hacía tanto sobre las idas, venidas, trasiegos y reuniones que había mantenido el amigo americano. Si no llego a ver aquellos legajos juntos, nunca hubiera tenido una idea aproximada de la de novelas que yo había vivido y descrito, pero que jamás firmé; llenas de realismo, aunque en más de un capítulo se pueda pensar que el autor fantaseaba.

Gallar fue más explícito y no se anduvo con teatrillos absurdos cuando nos vimos al fin en la casa parroquial. Me mandó leer con detalle todo lo que tuviera que ver con mis actividades junto a Mac.

—¿Dónde está? ¿Lo han detenido? —me interesé.

—¡Qué lo van a detener ni detener! Está en un lugar seguro hasta que no se aclare qué pasó.

—¿Qué tengo que buscar ahí? —Señalé la montaña de papeles.

—Cualquier cosa que te pueda llamar la atención. Cualquier pequeño detalle al que no dieras importancia pero que ahora, sabiendo lo que ha ocurrido, adquiera otro sentido. —Hizo un mohín poniendo los labios en piñón—. Siento no poder ser más preciso.

—¿Para inculparlo?

—Para saber la verdad, macho. Para saber la verdad.

—¿Usted qué cree?

—A quien le pagan por creer es a quien duerme en el piso de arriba, al de la sotana. De nosotros se espera que seamos eficientes, Santolaya. Tendrás a Víctor por aquí. Te echará una mano en lo que necesites.

Estaba a punto de salir cuando se dio la vuelta.

—Ah, y tranquilo. Tu familia está bien. Tu abuelo está mejorando. De todas formas, hemos…, han decidido que van a quedarse allí una temporadita. Es más seguro.

59

15

Servicio de socorro de Radio Nacional de España. Se ruega a María del Pilar García Coronado, de dieciocho años, natural de Alconera, en Badajoz, contacte urgentemente con su familia, que está muy preocupada. No tienen noticia de ella desde el pasado mes de mayo, cuando supieron que trabajaba como chica de servicio en Barcelona. María del Pilar es morena, muy risueña, de estatura media, delgada y tiene los ojos grandes, redondos y de color verde.

61

*L*a radio sonaba durante todo el día. Otra cosa es que le pudiera hacer el caso que se merecía. La oía mientras ordenaba papeles, cuando releía informes, si archivaba unos o escribía otros. La escuchaba con especial atención después de cada parte informativo, cuando daban los mensajes del servicio de búsqueda y socorro en Radio Nacional. Paraba el oído en las notas que aludieran a chicas jóvenes a quien su familia echara de menos. Cobraba más interés para mis apuntes si a la muchacha en cuestión se le había perdido la pista por Barcelona o alrededores. Destiné una carpeta a la que, para identificarla, le escribí una V enorme en la solapa exterior (V de víctima). Entre tanto documento y carpetillas del mismo color y medidas, iba a ser difícil que a nadie que invadiera la intimidad de mis dominios pudiera llamarle especialmente la atención, o supiera sacar provecho de mi base de datos. Se encontrarían con una retahíla de nombres de mujer, edades y localidades de procedencia. Recordando algo que había leído en una trama de no sabía muy bien qué libro, los datos no se correspondían entre sí de forma lineal sino escalonada. El nombre que aparecía en el primer renglón casaba con el apellido del que figuraba en el segundo; la edad era la del tercero, y la localidad, la del cuarto. El resto de casillas eran simples rellenos creativos.

—¿Nada? —interrogaba a Víctor cada vez que lo veía entrar por la puerta—. ¿Has mirado bien?

—Todos los números de *El Caso* —me respondía por enésima vez.

—¿En comisaría tampoco?

—*Res de res*. Si se hubiera levantado atestado o si hubiera habido una investigación por asesinato, lo sabrían en Via Laietana. Lo tendría que controlar mi padre o alguno de sus colegas.

—¿No les ha parecido raro que les preguntaras? ¿No han sospechado?

—*A veure, nano*, cada uno tiene sus métodos.

—¿Se puede saber cuál es el tuyo?

—Camelarme al personal.

—Ya. Y del americano, ¿tampoco tenemos noticias?

—Lo mismo digo. ¿Le preguntaste al jefe?

—Se hizo el sueco. Solo insinuó que estaba en un buen escondite mientras pasaba el huracán.

—¿Lo habrán facturado para su país?

—Con que lo tengan en otra parroquia, como a nosotros, es suficiente. Quien dice parroquia, dice embajada.

—*Pa'l* caso…

Nos quedamos en silencio, como muchas otras veces. No era un silencio incómodo, sino cómplice. Recordé las garantías que me había dado Gallar —«Esta sala está libre de micrófonos»— y me lancé a confiarle a Víctor mi gran secreto.

—Hay un hombre extraño.

—¿Dónde? ¿Qué dices? —Buscó de forma instintiva a sus espaldas—. ¡Ah! ¿Ahí, en los informes?

—No se lo he dicho a Gallar. No lo había dejado por escrito nunca.

—Entonces, es que no debe tener importancia.

—Sí. Creo que sí la tiene. No había caído en la cuenta hasta que lo he visto en sueños.

—No digas tonterías, *nen*. ¿Ahora vas a sospechar de un tipo que se te aparece en sueños? Tú no estás bien. Tú sigues delirando.

—Quizás lo tenía aquí, en la cabeza, después de haberlo visto muchas veces. He coincidido con él. Estoy seguro. Sospecho que ha estado siguiéndome todos estos meses. A lo mejor ha venido a los sueños para llamar mi atención.

—Es más lógico que sea al revés, ¿no?

—Estaba debajo de casa el otro día. Le pidió fuego a Ignacio y después miró hacia la ventana de mi habitación, como si me estuviera buscando. Juraría que aquella noche también lo vi antes de dejar a Mac con la chica.

La imagen del misterioso hombre de la cara nublada y el sombrero de ala se me hacía tan real en aquel escenario como en cualquier otro en los que el americano mantuvo encuentros o charlas en un aparte. Tanto como cuando, en mitad de una ensoñación, lo vi recostado en la pared de mi habitación mientras Úrsula me enjugaba los sudores de la frente.

—También me dijiste ayer que mientras tenías las fiebres te viste dentro del transistor, que presentabas *El Gran Musical*, o le dabas la réplica a Carmina Pérez de Lama. ¿O no?

16

Ese hombre anárquico y humilde que hace centenares de años que pasa hambre y privaciones de todo tipo, cuya ignorancia natural le lleva a la miseria mental y espiritual y cuyo desarraigo de una comunidad segura de sí misma hace de él un ser insignificante, incapaz de dominio, de creación. Ese tipo de hombre, a menudo de un gran fuste humano, si por la fuerza numérica pudiese llegar a dominar la demografía catalana sin antes haber superado su propia perplejidad, destruiría Cataluña.

Jordi Pujol i Soley,
La inmigración, problema y esperanza de Cataluña
(publicado de forma clandestina en 1958 y reeditado en 1976)

Cualquiera que fuera alguien, que aspirara a serlo tuviera deseos de que otro no fuera más que un cualquiera en la Barcelona de 1967 había tenido una reunión clandestina con Steve McNamara. Nos habíamos visto con todos ellos durante aquellos seis meses escasos antes de que, para quitárselo de en medio, lo apuñalaran en cuerpo ajeno. Me resistía a pensar que el diplomático llevara oculto, tras su revestimiento flemático, el instinto asesino sin que hubiera aflorado un brote siquiera antes de la fatídica noche.

¿Quién tenía interés en desactivar a Mac? Pues cualquiera que fuera alguien, que aspirara a serlo o... que albergara la idea de que Mac apostaba por unos intereses opuestos a los suyos y que, con aquellos hilos que movía convertidos en cuerda, pudiera estrangular sus pretensiones, fueran estas de naturaleza noble o bastarda. Nunca me consideré quién para juzgarlas. Esa fue una de las enseñanzas que deduje de la simple observación del proceder de mis mayores, especialmente del americano: no somos nadie para sentenciar. Líbrenos dios de esa tentación. Esta última petición la adoptaría de mi madre, porque ni siquiera Mossèn Josep acudía a ella.

—¿El cura es rojo? —le pregunté a Gallar uno de esos días en que el descaro chulesco de la edad te envalentona—. ¿Nosotros somos rojos?

—Aquí no hay rojos ni azules. Aquí hay españoles de bien. Y luego, los otros.

Aquello, que era nuevo a oídos de un pipiolo curtido en relatos fantásticos y no en la política —vista por la mayoría como la misma peste—, no era tan inédito. Según mi superior, su padre ya portó una pancarta con el lema «Ni rojos ni azules. Españoles» allá por 1946.

Por lo que respecta a la rojez del párroco de Sarrià, no pude calibrarla más allá de que me escamara su tendencia, cuando no la querencia proactiva, a la hospitalidad con los portavoces de todas las causas que estuvieran en las antípodas del buen orden y la gente de ley, que se decía. Pero sí me permití poner en duda su españolidad. Solo con que sus huéspedes insurrectos mostraran una ligera pátina de vocación catalanista, Mossèn Josep llegaba a salivar.

Fue por iniciativa suya por la que Mac recibió, en día y hora escogidas por el interfecto, a aquel muchacho tan bajito como altivo, de cejas pobladas y complacidos mofletes. Vamos, que si había pasado hambres, las hambres hacía tiempo que se le habían pasado. La trenca de paño azul que a duras penas podía abrocharse en las latitudes del ombligo atufaba a arribismo ya por aquel entonces.

Acababa de regresar de su confinamiento obligado en Girona, donde había sido desterrado a cambio de acortar una condena de prisión, acusado de repartir panfletos antifranquistas durante los sucesos de 1960 en el Palau de la Música.

Nadie acudía solo a aquellas reuniones. Antoni (se presentó con ese nombre en clave) escogió a un escudero con pinta quijotesca, en un juego de cambio de papeles, al que llamaba Quico, y hablaban por lo bajini entre ellos en catalán. Noté a Mac molesto. No por el catalán, ¡ni mucho menos!, sino por el cuchicheo poco respetuoso con las más elementales normas de cortesía. Le cacé alguna mirada recriminatoria hacia el mosén: «Menuda tropa me trae usted aquí». Y el cura le correspondía con unos hombros que se encogían: «Angelitos del Señor, tenga usted piedad».

Como todos, venían a llorar su desventura para salir de allí sin la orfandad a la que te castiga carecer de respaldos poderosos, aunque Mac se empeñara en subrayar que él no hablaba nunca en nombre del Gobierno de los Estados Unidos, sino que lo considerasen un oyente. Activo, pero solo un oyente.

Si tuviera que establecer una motivación común a todos nuestros interlocutores, la tendría clarísima: el dinero. Una inyección económica que, en el caso de Antoni y Quico, buscaba financiar la edición de sus escritos en el extranjero. Ya habían colocado en un periódico latino de Nueva York un perfil de Francisco Franco que no era precisamente un panegírico.

McNamara daba por concluidas las audiencias sin alargarlas con esa cháchara de la que somos tan amigos los españoles, siempre renuentes a soltar lastre. Yo prefería las despedidas a la francesa, en las antípodas del compadreo de rellano que eterniza un protocolo que se despacha así de fácil, con solo la palabra «adiós».

Mac hacía amago de incorporarse, carraspeaba, y esa era la señal para poner en marcha la maquinaria de la despedida. Los nuestros se encargaban entonces de marcarlos de cerca. Esa labor duraba unas horas, días e incluso semanas; hasta que obtuvieran datos suficientes sobre su entorno para incorporarlos al informe correspondiente. A menudo Mac le encomendaba ese trabajo a Víctor, siempre que no hubiera tenido que estar presente en la primera cita.

La sorpresa que nos proporcionó mi amigo sobre Antoni y Quico fue morrocotuda, aunque tuvimos que aguardar dos o tres días hasta conocer los detalles. Fue el tiempo que tardaron aquellos dos globos en volver a ser sus labios. Se los habían dejado así dos estibadores que hacían horas extras como guanteadores profesionales al servicio de quién sabe quién. Probablemente la reconstrucción mandibular fue patrocinada por alguno al que Víctor desenmascaró y le tenía ganas.

De su incursión por las callejuelas adyacentes a La Rambla, Víctor nos trajo una información explosiva: el Quico, socio del protonacionalista Antoni, festejaba con la hija del falangista más recalcitrante de toda Barcelona y hombre de confianza de Eduardo Blanco Rodríguez, el mandamás en la DGS, la Dirección General de Seguridad.

—Se puede decir que Blanco es nuestro jefe supremo, ¿no?

No sé si se podía decir así con exactitud, Víctor lo chapurreó con su media lengua y todavía escupiendo sangre. En términos de eficiencia, había que dejarse los morros, la tinta y algunos glóbulos rojos para cantar la victoria de un puñetero dato. Los servicios secretos salen carísimos.

17

No había memorizado los nombres de los ríos, ni podía salir airoso de un examen sobre las declinaciones en latín. Los jesuitas no fueron capaces de seducirme para que me interesara lo más mínimo por esas pamplinadas. Pero no se puede negar que de sus aulas salí con una lección bien aprendida sobre lo que significan la responsabilidad y la disciplina. Con esas asignaturas en el expediente habría llevado a casa unas notas brillantes. Si añadiéramos la honestidad, habrían sido *cum laude*. Aunque no siempre la fidelidad a la honradez me aportó sosiego. Por aquella tozudez mía de no desviarme del camino de los buenos principios, me encontré con mi otro yo: el irascible y violento; el ciego de furia y fuego.

Mis días se habían convertido en jornadas de trabajo regladas, tocadas por la monotonía de quien acude a la oficina en horario estándar a despachar gestiones burocráticas. Pero nada de eso era así: ni el despacho era tal, ni las horas eran fijas, ni los papeles que movía eran simples apuntes contables. Entonces no era consciente de que a diario pasaban por mis manos auténticos tesoros para un historiador. Era un trabajo poco convencional, pero yo lo afrontaba con formalidad. Con la honradez antes referida, me prohibía cualquier respiro para atender asuntos que se desviaran del motivo por el que me apoquinaban a final de mes los tres chavos que acordaron mis padres. Y mira que aquel espacio era propicio para escaquearme y, por ejemplo, echar unos minutos en ponerle unas palabras a Julia. Vivía entre cuartillas y material de escritura. Tampoco me acechaba más vigilancia que la visita, muy de tarde en tarde, de Gallar, de Víctor o del mosén. A este último aún lo veo asomando el cuerpo con las manos pegadas al marco de la puerta: «¿Qué tal, cómo andamos?». Pero habría ardido en el fuego de mi mala conciencia si hubiera dedicado un solo minuto a cuestiones personales. Por eso, las cartas las seguía escribiendo en los ratos muertos, que eran muchos en la soledad de mi cuarto.

Como en casa de herrero ya se conoce lo que pasa con las cucharas (algunos dicen que con los cuchillos), aquella tarde en la que me dispuse a poner al corriente a mi novia (porque eso es lo que Julia era para mí), me encontré con que no me quedaban más que dos folios tristones, amarilleando ya, y un bolígrafo de basta punta que podría dar su servicio para rellenar la quiniela pero no para dejar puestas en bonito las cuatro letras que quería enviarle; letras que estarían llenas de la esperanza de que pudiéramos vernos en pocas semanas, acercándose como estaba ya el verano, y con el terreno algo más despejado ante la ausencia de McNamara. Me las prometía muy felices.

«Cojan papel y lápiz», acababa de decir Mario Beut en la radio para dar las instrucciones sobre no sé qué concurso. Y eso mismo andaba buscando, revolviendo cajones. Un papel y bolígrafo. Mi reino por ellos. Crees que los has visto aquí, allá, en la alacena, en la cocina, bajo las revistas de pasatiempos; en todos los lugares lógicos donde, cuando hace falta, no aparecen. Mi madre le tenía mucha fe al ritual de atarle los huevos a san Cucufato, pero a mí, el simple hecho de advertir al mundo de que vas a proceder a envolverle con un pañuelo los mismísimos cojones a un santo ya me daba la mala espina de que el jefe de todos ellos iba a castigarme por soez. Descarté la liturgia. ¡Ya está! ¿Junto a los periódicos donde guardaba Úrsula la carta de mis padres? Tampoco.

La puerta de su habitación estaba entornada y hacía un buen rato que no oía nada. Habría salido. Golpeé con los nudillos.

—¿Úrsula? —llamé bajito desde el pasillo.

Silencio.

—¿Estás ahí? —insistí un poco más alto, por si se hubiera echado en la cama y quedado traspuesta.

Abrí con cuidado la puerta. Es posible que fuera la única de la casa a la que no le chirriaban las bisagras.

Dentro olía a ella. La almohada, más. Me la llevé a la nariz y aspiré con fuerza. Me resbaló un poco de mi propia baba y la restregué con la mano. Comprobé que quedaba seca. Alivio.

No quería profanar su intimidad, pero abrí un cajón de su mesilla. El de arriba. Tenía bragas, sujetadores, medias revueltas. Cerré enseguida avergonzado, para no darle pie a la tentación que me pedía meter también allí las narices.

El segundo cajón estaba repleto de papeles; postales no enviadas; dos billetes de autobús grapados, uno de Yebra de Basa a Huesca y otro de Huesca a Barcelona; una estampita de una virgen que creo que era la del Pilar; un mechero de propaganda; sellos y sobres, y papel de carta por fin. Al cogerlo se me cayó al suelo una foto. En blanco y negro. Úrsula, en traje de baño, sentada en una silla de mimbre, con una toalla a rayas encima de sus rodillas. El mar al fondo. De pie junto a ella, un hombre algo más maduro también en bañador pasaba el brazo por encima del respaldo sin llegar a tocarla. La sonrisa pícara y satisfecha de Úrsula la hacía mucho más joven.

Cerré con furia el cajón y salí de la habitación poseído, llevado en volandas por los demonios o no sé muy bien por qué ni por quién, pero con una rabia inyectada desde el pecho hasta las sienes.

Dicen que nacemos con temperamento y que los hechos y circunstancias de nuestro andar por la vida son los que nos curten el carácter. ¿A quién le pedía yo cuentas por haberme

71

hecho de un natural que, de haberlo tenido a tiro, sería capaz de desbravarse arrancándole el pescuezo a aquel malnacido que parecía hacer tan feliz a Úrsula? No respondería de mí, porque juro que nada me hubiera frenado. Nada. Otra cosa sería la de veces que hubiera tenido que dejar que el arrepentimiento pasara la noche en vela conmigo.

Llanos del Pisuerga, finales de 2019

No existe ningún rincón completamente libre de la vigilancia del ojo curioso del Gran Hermano, pero la vieja casa familiar de Llanos es una guarida con la que solo podrían relacionarme tres o cuatro personas. Una de ellas, a quien espero aquí para viajar muy lejos cuando trascienda esto, es quien me ha dejado el móvil en el buzón. Me cercioro de que la fecha en clave, camuflada en un dibujo de Minnie Mouse, sea la de hoy, o la de ayer a lo sumo. De otra manera sería un riesgo absurdo. También es la prueba del nueve para descartar que el paquete sea una trampa.

Lo desembalo e introduzco la tarjeta SIM que viene en otro sobre. Nada más conectarlo, suena y aparece en la pantalla un número infinito. Es ella.

—¿Sí?

—¿Qué tal?

—Bien… ¿Y tú? ¿Todo en orden?

—Razonablemente bien.

—Ya queda menos.

—Sí, queda menos. ¿Has decidido ya con quién vas a hacerlo público?

—No, sigo buscando.

—No lo pienses más. Hace siglos que habrá prescrito cualquier imputación que se te pueda hacer.

—No es una cuestión legal.

—Lo sé, lo sé. La gente estaría contigo. No digo que te vayas a convertir en un héroe (o sí, quién sabe), pero salvo tres idiotas fanáticos… Además, tu carrera en la Administración ya ha acabado, ¿no?

Como funcionario, sí. Pero como fontanero no, ¡la de vueltas que da la vida! Recuerdo a Gallar, quien pasó con creces de la fecha de la jubilación y hasta el fin de sus días estuvo maquinando planes y soldando otros desde los sótanos de la Moncloa. Con él me reencontré cuando llegó allí en los ochenta con los suyos. Fue quien me rescató y volvió a meterme en el equipo de los muñidores. No verbalizo nada de esto. Por muy segura que sea la línea, quizás no deberíamos dar tantas pistas.

—¿Y si lo escribes? —me propone.

—Para que no haya dudas —ironizo.

—Nadie sabrá que has sido tú.

Se corta la línea. Dejo de escucharla. No sé hasta cuándo, ni si habrá un cuándo.

Barcelona, 1968

*L*os domingos eran paella. Volvieron a serlo desde que Víctor se empeñó en que tenía que ir un día a comer con su familia. A partir de ahí se convirtió en costumbre.

La diferencia estaba en lo que manejaban los Roig. No faltaba nunca una bandeja de lionesas para los postres. Eran de trufa o combinadas de nata y crema, dependiendo de si por la pastelería de Sants habían pasado sus padres tras el vermut o su hermana Rita, de regreso de misa.

A mí no es que me gustara Rita. O sí. Creo que en aquella época era de natural enamoradizo. O que buscaba el afecto como un cachorrillo abandonado anhela ser correspondido. Nunca llegamos a hablar de aquellos tonteos. Quizás por pudor, por mi parte. Ella no le daría ninguna importancia a mis escarceos, que quizás fueran los suyos también. Sus recuerdos los deben haber cribado junto a lo desechable. Por más prodigiosa que sea nuestra memoria, es imposible conservarlo todo. Algunos hechos permanecen, otros se han convertido en aquello que con el tiempo hemos moldeado a nuestro antojo; no en la historia que fue, sino en la que nos hemos contado. Otros simplemente se han desvanecido y, como no los recordamos, nunca fueron. Debe ser el caso de los cabeceos que daba Rita sobre mi hombro cuando nos quedábamos toda la tarde delan-

te de la tele o cuando jugueteando me puse a horcajadas sobre
ella, en la cama de Víctor, para forzarla a que me devolviera
los soldados del Quinto de Caballería que nos había mangado
y, durante el forcejeo, chocaron nuestros dientes. Ella siguió
riendo, divertida, intentado zafarse de mí. No interpretó que
el contacto no fue del todo accidental, que yo había hecho por
besarla. O no quiso que yo supiera que se había dado cuenta
perfectamente de mis intenciones.

Se comía pronto cuando el Barça jugaba en casa. Con el
dulce todavía en la boca, salíamos en busca de los reventas.
«Le vendo seis y me regala una que se le quede suelta», les
proponía Víctor con el descaro de quien lleva tiempo haciendo
negocios con esa gente. A la legua se veía.

Aunque fuera de pie en el gallinero, tocando las banderas
de general, y con el partido empezado, no nos perdíamos ni las
visitas del Madrid.

Durante el descanso aprovechábamos para vernos con el
cabecilla del entramado. Quedábamos en el bar del segundo
anfiteatro del gol norte. Allí cuadrábamos los números que
quedaran pendientes mientras nos metíamos entre pecho y espalda un bocadillo de butifarra y una cerveza, a poco que nos
hubiera cundido el negocio.

Vicenç, el capo, era un tipo regordete a quien alguna anoma-
lía en la bolsa escrotal le impedía andar normalmente. En estado
de reposo, acodado en la barra, se le distinguía por apuntar con
un farias mordido y pestilente hacia el mismo punto cardinal al
que le bizqueaba el ojo izquierdo. Por eso, cuando torcía el cuello
como si algo le hubiera llamado la atención desde la parte alta
de los vomitorios que quedaban a nuestra espalda, realmente
su intención era la de mirar a Víctor a los ojos y despedirse
como solía hacer, estrechándole la mano y soltando: «Tienes
madera, niño. Un gusto hacer negocios contigo. Y más que podríamos hacer si tú quisieras». Hasta que un día cambió la última frase: «Y más que podríamos hacer si no te hubieran aco-

jonado esos mamones. —Y señaló el labio partido de mi amigo con la mano que sostenía el puro—. ¡Hijos de la gran puta!».

Así fue como supe de la verdadera procedencia de los rulos de billetes verdes que mi amigo solía llevar en el bolsillo delantero del pantalón como si tal cosa. Según Víctor, recaudación de lo que le mandaba cobrar su madre, trabajillos de la tienda de cortinas.

También me cosqué de que el puño que le marcó la cara no le salió al paso por andar metiendo el hocico en nombre del americano; no era de un brazo armado, ni siquiera político.

20

*U*n niño puede crecer con el convencimiento de que con su mente maneja los hilos del universo y que en el cielo se refleja su estado de ánimo. En las tardes de domingo, su alma gris se extiende en nubarrones con tantas ganas de llorar de melancolía (aunque no sepa qué es la melancolía) como las que se agarran al pecho de ese chiquillo que muy bien podría ser yo mismo.

Ya adulto, mi terapeuta supo ponerle nombre y lo llamó «pensamiento mágico infantil». Me ocurría con frecuencia. No solo en las tardes plomizas. También después de una regañina injusta por parte de mis padres, al eclipsárseme el corazón. Esa sensibilidad me acompañaba todavía en mi adolescencia. Me ocurrió en una ocasión en la que mi pavor fue capaz de trasmutar en décimas de segundo un cielo azul mediterráneo por otro de una tonalidad negra, casi zaína. Fue cuando descubrí el verdadero sentido de la sentencia popular de «estar para que te encierren en Sant Boi».

San Baudilio. Con esa leyenda te recibía un letrero enorme en cuanto superabas el tramo alto de la Diagonal y esta, poco a poco, se iba quitando sus ropas de ciudad; a cada paso, con menos luces, con gravilla o pavés donde metros antes había asfalto. El arcén se difuminaba en tierra y más allá, casas desperdigadas, con torreones que distinguían aquellas que eran de vacación de las que fueron masías rodeadas de tierras de labranza. Y después de la nada, un camino a la derecha conducía hasta una verja peinada en lanzas puntiagudas, infinitas, que al abrirse rasgarían las bolsas de algodón negro que guardaban las piedras de hielo que empezaron a caer con furia sobre el parabrisas del Gordini de Gallar. Nuestra llegada al hospital psiquiátrico no auguraba nada bueno.

Esa misma mañana, el jefe me había informado de que ya no había más que rascar en los informes sobre los movimientos de McNamara. Los habíamos repasado de arriba abajo y de abajo arriba, dado mil vueltas y buscado todas las grietas, las costuras y hasta las cosquillas. Aparentemente allí no había ni un hilo del que tirar que pudiera ayudar a Gallar en su objetivo, el de señalar a algún presunto culpable de la trampa que se le habría tendido al americano colgándole a la muerta en un lugar destacado de su hoja de servicios.

Todos eran sospechosos de querer sacarle los higadillos al diplomático disfrazado de comercial. Los sectores más apegados al dogma tradicional de la Iglesia se habían puesto de uñas porque lo consideraban encariñado con los que estaban haciendo virar al nuevo arzobispo hacia tendencias más comprensivas con el catalanismo. Sin embargo, esos mismos catalanistas de panfletos y artículos en medios extranjeros nunca parecían satisfechos con las inyecciones de algunos miles de duros con los que el yanqui echaba *mistos* a su causa incendiaria y se sentían traicionados en cuanto les llegaba el soplo de que se había visto con los de aquí y los de allá, a los que tenían por enemigos. Un sindiós.

Harto de no poder salir de ese bucle, por mucho que subrayara, revolviera y leyera de nuevo los dosieres que ya nos sabíamos de memoria, Gallar me puso en guardia:

—Esta tarde empezamos de cero. Paso a recogerte a las cinco.

Diez minutos antes distinguí el escape de su coche doblando la esquina y entrando en el chaflán donde meses atrás me había dejado el taxi por primera vez. Bajando las escaleras oí dos toques consecutivos de claxon, dos picoteos.

—¿Le parece bien así? —Me abrí la chaqueta para que diera el visto bueno a la vestimenta. No tenía mucho donde elegir, pero tampoco contaba con ninguna pista sobre la naturaleza de nuestra visita.

Asintió farfullando algo que no entendí y miró al frente, en silencio. Así se mantuvo, cigarrillo tras cigarrillo, hasta pocos metros antes de alcanzar el portalón del manicomio.

—Ahí está nuestra única testigo.

—¿La madama?

—La misma.

Coincidiendo con su respuesta, rugió el primer trueno que hizo vibrar el vehículo.

Salimos a toda prisa. Eso no impidió que cuando irrumpimos en el vestíbulo todos los internos se callaran de golpe y se giraran hacia nosotros. Un anciano, cubierto tan solo con una bata blanca que dejaba entrever su cuerpo desnudo, se plantó ante Gallar y, señalándole de forma ostensible, empezó a gritarle fuera de sí:

—¡No os fieis! ¡Viene del agua, pero es el maligno! ¡Es él! ¡Lo vi en el averno! ¡Es el puñetero demonio!

Intentaba resistirse a los dos celadores que lo arrastraban. A él y a sus pies descalzos, que iban dibujando en la refriega un riachuelo que se perdía tras la puerta señalada como «Pabellón de hombres». Más allá, solo se adivinaba un eterno pasillo oscuro.

Nos dimos la vuelta cuando oímos a nuestra espalda una voz demasiado atiplada para ser de hombre y excesivamente grave para ser de mujer. Levantamos la mirada para comprobar que salía de un cuerpo desgarbado, con un nido por cabello; una melena grasa y lacia, no muy femenina, pero muy larga para no serlo. La cara barbilampiña tenía una sonrisa generosa en dientes.

—¿Señor Gallar?

Contrastaba hasta el esperpento descubrir que esas pala-

81

bras salían de una garganta masculina situada medio metro por encima de nuestras cabezas, de un gigante a quien la bata le llegaba por la cintura. Hizo bien en presentarse; ni mi vista de lince alcanzaba a leer la chapita que lo identificaba como el doctor J. Pujades.

Debía encorvarse ligeramente para no rozar con la cabeza el techo abovedado de un túnel de gusano, un cilindro de paredes desconchadas iluminado por una ristra de fluorescentes que se relevaban en el parpadeo. Por su interior nos condujo hasta la zona donde estaba ingresada Cecilia Alcázar. Leí su nombre en el historial colgado a los pies de su cama. Cecilia era la madama de aquel *meublé* donde encontramos a Mac borracho como una cuba y empapado de la sangre que brotó de las puñaladas asestadas a la chiquilla con la que compartía cama. Él dormía la melopea y ella el sueño eterno.

Cecilia se mecía en una butaca quejumbrosa en sus balanceos; así advertía que cada uno de ellos podría ser el último servicio que les diera a las posaderas de su inquilina ocasional.

La interna tenía la mirada perdida en el horizonte de un ventanal inexistente y una pose señorial, como si la mismísima reina de Inglaterra aguardara visita.

—Tomen asiento, por favor. —La voz y los gestos no desentonaban con su aura aristocrática. Lástima que los sillones a los que se parecía referir no fueran más que el filo de la cama sobre el que caía una colcha raída.

—Han venido a verla unos amigos, Cecilia.

—Señora —corrigió ella.

—Unos amigos, señora. Querían conocerla.

—¿Amigos míos?

—Digamos que son conocidos.

—¿Conocidos de usted?

El doctor Pujades intercambió con Gallar una mirada de complicidad: «No tiene remedio».

—Conocidos comunes.

—No me suenan. No me suenan de nada. —Antes nos había examinado con altanería.

Apenas tenía algo que ver con la imagen que me devolvían mis recuerdos: la de una mujer desperezando el habla ronca, con los pelos recién peleados con la almohada y enfundada en boatiné. Esa foto fija y desmentida, junto al olor a salfumán y la luz lúgubre, me sacó de la ensoñación del balneario donde Cecilia creía reposar por una afección pulmonar.

—¿Ustedes también vienen aquí a tratarse?

—Así es, señora. —El doctor Pujades se puso tras la butaca y empezó a masajearle los hombros—. ¿Hoy no se ha tomado todavía la pastilla que tanto le gusta?

El rostro de Cecilia se iluminó como el de una niña ante el regalo más deseado de Reyes.

—¿Me la has traído?

—¡Claro! —Pujades se unió a la celebración entusiasta de su paciente. Con un cabeceo dio permiso para que hiciera su entrada una enfermera que observaba la escena por el ojo de buey de la puerta.

Pujades se acercó a Gallar y, desde la proximidad en la que se sueltan las confidencias, le informó de que aquel tranquilizante haría su efecto enseguida.

Y así fue. A los pocos minutos, los hombros acariciados por el doctor se rindieron y el habla de la Reina se volvió lenta y tan pastosa como aquella madrugada.

El doctor arrastró una silla y se sentó frente a ella. Se encogió para que sus miradas estuvieran a la misma altura.

—Cecilia, ¿estás bien?

—Sí. Muy bien —creímos entenderla.

—Mírame, por favor. —Pujades extendió la palma de la mano hacia nosotros. Calma—. ¿Me vas a contar todo lo que pasó la noche que te pusiste mala?

—¿Otra vez?

—Sí, una última vez.

—Está bien… Está bien —aceptó a regañadientes.

No hizo falta que Gallar la interrogara. Cecilia, con cadencia monótona, empezó a relatar lo que vio esa noche en la que se encontró con la locura. Y no solo con ella. También detectó la presencia de una sombra que no me era ajena; la de un misterioso hombre con sombrero que nunca mostraba su rostro.

Nada más mentarlo, cerró los ojos y la cabeza se le cayó hacia delante, como si fuera víctima de un súbito ataque de narcolepsia. Las manos también se le rindieron, vencidas, sobre la manta que le cubría las piernas.

21

Al salir del manicomio, había pasado la tormenta.

—¿Has tomado buena nota de todo lo que ha dicho esa pobre loca? —me preguntó Gallar antes de subirnos al Gordini.

Sí, claro que lo había memorizado todo, palabra por palabra, tal y como me encomendó. Sin embargo, no pude responderle. Lo que acababa de escuchar en boca de Cecilia Alcázar sobre el hombre de la cara oscura se me había anudado en el estómago junto a la mala conciencia de no haberle hablado nunca de ese personaje a mi jefe. Los nervios quisieron escapar de mi cuerpo en un borbotón de vómito que tuve los reflejos de que acabara abonando el alcorque de un platanero junto al que había estacionado el Gordini. No reaccioné lo suficientemente rápido como para que quedara indemne la ropa de los domingos que vestía esa tarde de martes.

Gallar dio tal manotazo sobre el maletero que del susto se me frenó en seco el corte de digestión. Contrariamente a lo que creí, no había sido una reacción de cabreo, sino el golpe necesario para que funcionara el resorte de apertura. Sacó una manta. Siempre se llevaba una manta en los coches en esa época. Me la ofreció junto a una bolsa para que metiera allí la ropa pringada.

—Échate un rato en la parte de atrás. A mí también se me ha revuelto el estómago, macho.

Fui recostado en el asiento trasero todo el trayecto de vuelta a casa, luchando con mis pensamientos y debatiendo consigo mismo si le decía y, sobre todo, cómo le decía que yo ya estaba al tanto de la existencia del tío del sombrero, que lo había visto merodear allá por donde fuéramos, pero que, como una de esas veces fue entre sueños de los delirios de mi fiebre, no estaba seguro de que existiera.

Le podría decir que pensaba que era alguien que protegía al americano. Y entonces Gallar me replicaría, con toda la razón del mundo, que quién cojones era yo para pensar; sobre todo, quién me creía que era para decidir. Yo era un escriba. Un apuntador. Tenía que ver y contar; observar y anotar. Nada más, macho (porque ya me había dado cuenta de que últimamente me soltaba cada dos por tres eso de «macho»).

Medio tumbado, desde aquella perspectiva, veía a Gallar conducir. Podría ser «el taxista con licencia de detective». De niño lo escuchaba en la radio y esa era la cara que le ponía a la voz de Isidro Sola en *Taxi Key*. *¿Es usted un buen detective?*

¿Qué éramos nosotros? ¿Informadores? ¿Espías? ¿Espías con licencia de detectives?

Quizás no pasábamos de jugar a ser unos parias con ínfulas de estar en la pomada, entre los que arreglan el mundo.

A la mañana siguiente hicimos un *tour* por las redacciones de *El Correo Catalán*, *La Vanguardia* y *El Noticiero Universal*. Gallar sostenía que los dibujantes de esos periódicos eran quienes mejor podrían esbozar un retrato robot del hombre que buscábamos basándose en la descripción que nos dio Cecilia. Con un valor añadido: «Son los que menos preguntarán. Por la cuenta que les trae. Hoy por ti, mañana por mí, macho».

Terminada la ronda, con los tres primeros en la carpeta y el desencanto de haber conseguido únicamente los dibujos de unas caras nubladas a las que podría responder la mitad de la población de Barcelona —es decir, la masculina—, visitamos en los juzgados a Harpo. Todo el mundo lo conocía así. Recordaba al mudo de los hermanos Marx por su planta y por su pelucón blanco y rizado. Consciente de ese parecido razonable, lo explotaba metiéndose en los andares, en la gesticulación y en un abrigo largo con dos remiendos de trapillo que vestía siempre, ya fuera invierno o verano. Se pasaba las mañanas entre las sesiones de lo Penal y lo Social dejando constancia de testigos, abogados y encausados con sus dibujos al carboncillo. Eran de esos mismos retratos de los que tiraban algunos cronistas cuando no conseguían el permiso para hacer fotografías, o si el caricaturista de la redacción no había podido cubrir el juicio.

A Harpo, igual que al resto, le solté como un lorito lo que nos había dicho la madama. No en vano, eran palabras que podía haber hecho mías. La diferencia, en su caso, es que lo clavó.

—¡Es él! —me delaté al ver el retrato del hombre de la sombra.

Era como si Harpo, acostumbrado a sacar a la luz lo más oscuro del lumpen de Barcelona, hubiera tenido el don de captar lo que ni Cecilia ni yo podíamos describir, aunque debería flotar por algún rincón intangible de nuestras palabras.

87

Ya no pude ocultarle a mi jefe lo que sabía. Salvo una parte, porque la cara dibujada que teníamos delante, ahora que Harpo había sido capaz de ponerle facciones al fantasma, me volvía a sonar a alguien a quien que tenía visto, pero no podía precisar cuándo ni dónde.

La ira sulfurada de Gallar crecía desde su cuello enrojecido. Empeoraba con su tic consistente en hacer circular, ora a derecha, ora a izquierda, un par de dedos entre la camisa y el pescuezo que estaba dejándose en carne viva. Todo por reprimirse y no echarme las manos al mío. Querría estrangularme allí mismo. Me salvó que el posible testigo de cargo que presenciaba la escena tenía una habilidad probada para dejar constancia gráfica de lo sucedido. Así que me mandó para casa y me informó de que pasaría a verme después de comer: «Luego hablamos». Una despedida que significaba realmente: «Te voy a dar *pa'l* pelo».

22

*P*or aquel entonces ya había adquirido el vicio de fumarme un pitillo entre plato y plato. Me gustaba cuando se mezclaban en el ambiente el humo del tabaco y la acidez de las gotas de la naranja sobre la que Úrsula hundía primero el cuchillo y después sus uñas.

Cuando vi entrar a mi jefe apagué precipitadamente la colilla sobre la piel de la fruta, como si me hubieran cazado en flagrante delito.

Ni llegó a la hora prevista ni me trajo la sentencia a muerte que me temía. La cara descompuesta de Gallar es de las que no se fingen, con aquella tez cenicienta y las bolsas de los ojos ensombrecidas sobre las que se leía la mala noticia de la que era portador.

Un pálpito hizo que me pusiera en pie para afrontarla «como un hombre».

—Tu abuelo, Ramón.

No hizo falta que mentara a la parca. Según él, era una manera de tenerla lo más lejos posible.

Si horas antes tenía pensado prescindir de mis servicios, no lo sabré nunca. Tal vez postergara mi despido por una razón compasiva dadas las circunstancias y la muerte de mi abuelo fue lo que me salvó de la quema.

—Coge tus cosas. Te acerco hasta el Arco de Triunfo. En una hora sale el autobús para Burgos. Un amigo nos espera allí con el billete. —Por un instante pensé que me iba a abrazar. Se quedó en un amago y sustituyó el gesto por un—: ¡Ánimo, macho!

—Lo siento, niño —fueron las palabras de Úrsula, que simuló darme un beso, aunque ni me rozó la mejilla.

Se puso enseguida a recoger la mesa, como si tal cosa, amontonando las sobras y mendrugos sobre los platos sucios. Dándome la espalda se escondió en la cocina. De todas formas, eso no fue tan humillante como que me llamara «niño».

Perdí la cuenta de las horas que duró aquel viaje. También de las paradas que hicimos.

Tuve, al menos, cuatro compañeros de asiento: solo recuerdo a un comercial textil que no callaba y a una mujer que se me antojó demasiado joven como para viajar de vuelta a Logroño después de haber conocido a su primer nieto. Amanecí con la cabeza sobre su hombro cuando el autobús se detuvo en una fonda para que el conductor y los viajeros repusiéramos fuerzas. Me desperté desorientado, empapado en sudor y sin saber si la parada técnica tenía como finalidad estirar las piernas y orinar, cenar o atemperar el cuerpo desayunándome un bollo desmigado en un café con leche hirviendo. Al levantarme, constaté que no era solo sudor lo que había dejado secuelas húmedas en mi entrepierna y enrojecí hasta alcanzar solo un grado anterior al de la combustión espontánea, horrorizado pensando en cómo habrían visto unos ojos despiertos aquella polución nocturna. Lo que había pasado por el mundo de mis sueños lo tenía muy presente. Me asaltaban imágenes fugaces dispuestas de manera caótica. Era una película en la que habían ido alternándose en el papel protagonista la hermana de Víctor y Úrsula. No sé qué me resultó más perturbador, si descubrir que mis deseos lúbricos podían crear una versión inédita de la primera, o seguir teniendo la sensación vívida de que se había consumado mi anhelo de poseer a la segunda.

Miré a la abuela logroñesa buscando en ella algún gesto de reprobación. Optó por no bajarse en esa parada, pero creí percibir que, a mi vuelta, sus ojos se mantuvieron clavados unos segundos en mi bragueta. Ya no pude echarme ni una cabezadita en lo que quedaba de trayecto hasta Burgos. Allí cogería el coche de línea a Llanos.

Llegué un día después. A la hora de la cena. Derrengado. Resucité al oler el humo de leña. Era de encina, y procedía de las chimeneas que iba dejando atrás al subir la Cuesta de Castilla, antes de alcanzar la casa de mis abuelos.

Aunque ya despuntaba un madrugador verano, el aroma me evocaba aquellos días de Navidad en los que no descansan los hornos. La bruma de la última hora de la tarde llevaba impregnado en su humedad el olor que dejan las gotas de puchero cuando chistan sobre las brasas. Hervían las ollas que darían su servicio después de reposar durante toda la noche, menos una a la que ya se le había apagado la candela, la que se estaba repartiendo en tazas de caldo a los vecinos que entraban para dar el pésame y a los familiares que se disponían a velar a mi abuelo una segunda noche. No quisieron darle sepultura hasta que no estuviéramos todos sus hijos y nietos. Ninguna de las fuerzas vivas de Llanos puso objeción alguna.

«*Vaya bien* que has venido.» Mi tía Esperanza me recibió en la puerta, que al abrirse dejó salir una bofetada de aire cargado, como de pétalos marchitos y naftalina. También celebraron mi llegada mis otras tías, más que mis padres. Pero también sin alborozos. No lo permitían las circunstancias ni la sobriedad castellana.

De negro y en silencio, los asistentes al velatorio murmuraban oraciones; algunas caras me resultaban conocidas, ocultas bajo toquillas y velos negros las mujeres de más edad. Era un llorar acallado, lejos de los lamentos escandalosos de las plañideras en los velatorios de los Treviño, unos vecinos de rellano en El Clot, de familia numerosísima, y a los que en el último año les tendrían que haber hecho un descuento como clientes fieles en las pompas fúnebres.

Me acerqué hasta la cama donde descansaba para siempre mi abuelo. Lo miraba y veía a otra persona. Un desconocido. Alguien que se estuviera haciendo pasar por él, que llevaba su ropa, que peinaba su pelo, pero que no era mi abuelo. Entre todos los gestos adustos de los que Diosdado Santolaya tenía un ramillete de donde tomar y regalar, no le reconocía aquel rictus. Me duele decir que no me conmovió lo más mínimo. O quizás es que ahora lo recuerdo así, y esa impresión está pasada por el tamiz de lo que más adelante sabría.

Me senté en una silla de anea desvencijada. Casi me caigo al apoyar el pie en el travesaño que une las patas. Me mantuvo despierto el trajín de levantarme y sentarme continuamente para recibir las condolencias; de repente me había convertido en el cabeza visible de los Santolaya.

Con mis padres había intercambiado cuatro palabras de cortesía, las mismas que despachan los extraños. Los vi, igual que al resto de la familia, moverse nerviosos, inquietos. Mis tías y sus maridos los reclamaron para hacer un aparte en la cocina, desde donde alguien mandaba callar si alguna voz tenía la tentación de salir más alta que otra: «Por favor…, por favor, que nos van a oír».

La tía Esperanza salió del sanedrín para relevarme en las tareas de representación.

—He dejado tus cosas en mi cuarto. Date una agüita, que hueles a antes de ayer, majo. —Me guiñó y me susurró al oído que Julia había preguntado por mí y que vendría después de cenar.

Con esa noticia se me quitaron todas las pulgas del cansancio y el sueño que llevaba a cuestas.

Mientras me acicalaba y estiraba un pantalón y una camisa que saqué del hatillo, puse la radio, con el volumen muy bajito, para no profanar el luto. La primavera se estaba yendo. Y aunque fuera oliera a Navidad, dentro de aquella casa se había instaura-

92

do el régimen propio de las Semanas Santas, en las que cualquier manifestación de vida era sacrilegio, en las que las pantallas de televisión se iban a negro a no ser que pusieran una de romanos, y en la radio se sucedían los pasos y redobles de timbales de las procesiones, y a lo sumo algún *quejío* en voz de saeta.

Sin embargo, en la república de mi radio a pilas, Los Brincos cantaban «la otra noche, soñando estaba con Lola».

Damián se la dedicaba a su amada Julia, a la que esos días echaba muchísimo de menos, decía en su nombre la locutora de Radio Castilla de Burgos.

Fue una señal a la que hice oídos sordos. Tan lelo era, tan candoroso, que no caí en que no se trataba de una coincidencia.

Cuando la vi, querría haberle preguntado a MI Julia: «¿Me has extrañado tanto como el bobalicón ese de la radio que le dedica a SU Julia una canción?».

No me dio opción. El mundo es más chico de lo que reza el tópico. De aquel encuentro fallido me fui con esa confirmación. Pero sobre todo me llevé otra que pesaba y escocía más: la de constatar que quien yo pensaba que era mi novia se había sentido lo suficientemente libre como para haberse ennoviado en Madrid con aquel desgraciado del Damián, un hijo de la gran puta, por muy temprano que se levantara, por muy galán que fuera diciéndole cosas bonitas a través de terceros, sin dar la cara. Yo sería capaz de partírsela de un guantazo, o de retarlo a un duelo al amanecer si de lo que se trataba era de quedar como señores.

Tras dejarme, algo azorada, Julia me dio un beso de consolación en la mejilla, me tomó la mano (como mi madre de pequeño, «Sana, sanita, culito de rana»)… y Ramón, huérfano de abuelo, quedose compuesto y sin novia.

Me fui con el rabo entre las piernas, aunque a este mi fantasía calenturienta volvió a darle vida bajo las sábanas. Para aquella noche convocó una vez más a Úrsula. Sin remordimientos de infidelidad.

Cada vez que la rabia del demonio venía a provocarme para que me dejara embaucar por la violencia, solía alejarlo de mi cuerpo de aquella forma. No era solución, claro. Pero si el consuelo onanista requería un posterior acto de confesión, aquella mañana me levanté con una carga añadida en mi conciencia: a los pensamientos impuros y tocamientos se iban sumando la falta de recato, pureza y contención, impropias en aquella circunstancia luctuosa.

Tanto es así que el madrugón me cundió para darles el relevo a mi tía Sagrario y a mi padre, que estaban haciendo la última imaginaria en el velatorio. Los mandé a arreglarse para el cortejo fúnebre. Eso me permitió quedarme a solas con mis infiernos. Mi abuelo, de cuerpo presente, no contaba como testigo. Mi deseo era poner el marcador de mis pecados a cero en cuanto apareciera el padre Teodoro, que vendría a dar buena cuenta de los primeros picatostes con chocolate.

«Padre, ¿usted me confesaría aquí?»

«¿Aquí, hijo de mi vida? ¿Y con el estómago vacío?»

Todo esto me lo barruntaba mientras me preparaba para afrontar el trago. Sin embargo, fue el cura quien se frotó las manos al ver que la ocasión la pintaban calva para tener un momento de intimidad conmigo y ser él quien largara de lo lindo.

Miraba cada dos por tres hacia la cocina. Las aletillas de la nariz se le desplegaban como si fueran a echar a volar hacia el brasero en cuanto le llegó el aroma de la leche hirviendo. Daba su reino cerca del cielo por algo con lo que empapar el aguardiente al que le apestaba el aliento ya de buena mañana.

—Verás, Ramonín. He hablado con Bolaños.

El canguelo hizo chocar mis rodillas entre sí un par de veces. Si me hubiera acabado de quebrar, no se habría percatado porque él miraba al infinito, como si hablara a sus feligreses.

—El único que puede entender según qué cosas es nuestro Señor. —Elevó el índice y el mentón—. *Él* es capaz de afrontar por nosotros lo que hayamos hecho en vida. *Él* es el único que

puede comprender y perdonar aquello que no estamos prepa-
rados para asumir, aunque seamos piadosos, aunque quien se
haya equivocado sea nuestro padre, nuestro hermano, la persona a la que más queremos y respetamos entre las almas te-
rrenales... ¿Me traerías un vasito de agua?

Fui a la cocina a buscarlo dándole vueltas a los quiebros
y perífrasis del padre Teodoro. Se desvanecía mi primera idea
de que me abordara porque Julia le hubiera ido con no sé qué
cuento a su padre. También barajé que, en conexión privilegiada con quien todo lo sabe y conoce, estuviera al corriente de
mis constantes pulsiones carnales. Pero algo me decía que no
iba por ahí la vaina.

Se bebió el vaso con dos golpes de gaznate más propios de
un sapo y me confirmó que su discurso no tenía la voluntad ni
de imponerme una penitencia ni de darme la absolución; venía
a pedirme indulgencia.

Dijo que en mí podía confiar, que al conde, considerándome
un buen mozo, le había parecido una idea muy sensata que me
eligiera como el mediador para pacificar aquella guerra y con-
vencer a mi familia de que la sangre no llegara al río; que si mi
abuelo hizo lo que hizo en vida, seguro que fue porque tenía
sus buenas razones, porque mi abuelo era una persona de ideas
firmes, pero siempre nobles.

—¿Y qué es eso que hizo mi abuelo, padre?

—Pues lo de las tierras, majo. Lo de las tierras, bendito.

Por lo visto, en el cénit de una juerga de borracheras y la-
gartas a las que convidaba quien yo pensé que iba a ser mi
suegro, este le hizo firmar a mi abuelo unos papeles, legales
a todos los efectos, según insistían el beneficiario y su vocero
—que por supuesto era el cura, y algo le iría en ello para insistir tanto—, y que dejaban sentenciado por escrito que, a su
muerte, todas sus tierras pasarían a engrosar el patrimonio de
quien ya poseía los terrenos limítrofes, es decir, el conde don
Conrado Bolaños.

—Pero entonces, ¿con qué nos hemos quedado nosotros: mi padre, sus hermanas…?

La pregunta se le atragantó y tuvo que recurrir al agua como si fuera de mayo. No encontraba las palabras para decirme, al fin y al cabo, que con lo único que contábamos era con la promesa de que un alma benefactora como la del conde nos emplearía en aquellas tierras. A todos los Santolaya. Siempre que le fuera posible, claro está. Allí, o en las factorías del complejo industrial con el que soñaban todos lo que amaban la comarca y que nunca podría haber sido una realidad si no llega a ser por ese gesto inteligente y de infinita bondad de mi abuelo, allí presente, y que Dios tenga un su gloria. Amén.

Aquel fue mi último verano en el pueblo. Volvimos a Barcelona antes de las fiestas de la virgen de agosto. Solo nos tomamos el tiempo preciso para empaquetar lo que quedaba allí de mi padre y dos hermanas que se fueron a Barcelona. Las otras tres, con sus maridos e hijos, fueron abandonando Llanos escalonadamente, conforme iban recibiendo noticias de que las dos emigradas se iban colocando; Esperanza, en el turno de madrugada en una fábrica de accesorios de automoción, y la otra en casa de unos señores por Lesseps. Mi padre les aseguró a las más remolonas que no les iba a faltar trabajo para sus esposos. «Y si no, un plato de comida siempre tendréis en esta mesa.»

A mi abuela, del disgusto y el azúcar, la dejamos enterrada junto a quien la había dejado viuda quince días antes.

En Llanos queda una casa que durante cincuenta años solo ha estado habitada por el abandono y la ruina. Donde estoy ahora escribiendo esto.

23

$\mathcal{A}$l llegar a Barcelona no sabía para dónde tirar. Dudaba de si presentarme ante Gallar como si tal cosa, «¿Manda usted algo?», o actuar como si nada hubiera ocurrido, como si la razón de mi marcha y el tiempo transcurrido hubieran jugado a mi favor quitándole gravedad a lo que hice o, por mejor decir, a lo que no hice al callarme la existencia de aquel misterioso hombre del gabán y el sombrero.

Tal vez Víctor podría ayudarme a resolver la maraña. Me presenté en su casa. Allí pillé a su hermana desprevenida. Rita me abrió la puerta en batín, visiblemente nerviosa.

No era solo que mi perspectiva estuviera contagiada de cierto dramatismo pesimista, influido por los días junto a mi madre, sino que la deriva por la que estaba transitando mi amigo en los últimos tiempos no auguraba nada bueno, según me contó Rita con prisas, inquieta, sobresaltada ante cualquier ruido que procediera del rellano y mirando hacia el fondo del pasillo, cuyas paredes estaban tupidas de cuadros y también de óleos enmarcados con ribetes barrocos. Rita se percató de que se me había ido la vista hacia ellos, pero no entendió que fuera el momento de explicarme por qué la casa de los Roig se había convertido en algo parecido a una galería de arte.

En un par de meses escasos se había expandido por Barcelona un runrún sobre el respeto que se había granjeado Víctor en ciertos ambientes a causa de sus trapicheos. Para algunos ese respeto se traducía en miedo.

A ese rumor le acompañaba la sentencia de que, como se le torcieran las cosas, no iba a ponerlo a salvo ni su puñetero padre, el policía más temido en Via Laietana. Al parecer, Víctor se había hecho fuerte actuando con el despotismo que otorga la seguridad de quien tiene la retaguardia bien cubierta y se cree impune. No solo por su padre, sino por los tentáculos del sostén de Gallar.

Esa misma tarde me acerqué al único lugar por donde se dejaría caer en un momento u otro, a no ser que una causa de fuerza mayor se lo hubiera impedido, como haber dado con sus huesos en el cuartelillo, si no en la Modelo.

Había establecido su cuartel general en unos billares entre Sants y Hospitalet, un antro con las paredes forradas de una moqueta verde que lucía más roña que felpa. El suelo que pisé camino de su despachito en la trastienda había adquirido una pátina pegajosa a fuerza de que le pasaran, día tras día, aquella fregona que me impedía franquear la puerta de aglomerado. Retiré el palo del mocho confirmando que el agua ennegrecida del cubo estaba macerada con los restos de cientos de cubalibres dulzones de garrafón, muchos de ellos derramados en el trasiego de más de una reyerta.

Relevé a un mostrenco que se veía obligado a encorvarse para salir del cuchitril. Se fue contando billetes de mil pesetas sin pudor; el botín conseguido a cambio de una bolsa de deporte que había dejado medio abierta sobre la mesa de Víctor. Cuando la aparté para ver la cara de mi amigo convertido en capo, me di cuenta de que estaba repleta de radiocasetes con los cables pelados.

Y me encontré con un desconocido. En la actitud, en los gestos. La caída de su voz era otra. Quizás estuviera tocada por el efecto de algún estupefaciente. Apestaba a alcohol. Más que el párroco de Llanos antes del desayuno. En aquel antro todo apestaba a alcohol.

Se levantó a trompicones y se colgó de mí en un abrazo como el del nadador exhausto que se aferra a una boya.

Fue breve. Se recompuso y se irguió en cuanto tuvo conciencia de estar mostrando la cara más patética de su propia imagen y de su escenario; una evidencia innegable para quien tuviera dos dedos de frente.

Fue sencillo sacarlo de allí durante unas horas. Estaba deseando escapar de sí mismo.

—Vendrá Rita con su novio. Vamos al cine —propuso.

—No sabía que tenía novio. —Simulé cierta sorpresa, aunque no se me escapaba el motivo de la inquietud de su hermana cuando unas horas antes le había hecho aquella visita tan inoportuna.

—Gallar se pondrá muy contento cuando te vea. —Cambió de tercio—. Me ha preguntado mucho por ti. Pero como no dabas señales de vida… ¡Qué cabrón! Te veo muy bien, Santolaya. ¡De puta madre! ¡Te veo de puta madre, chaval!

Por momentos parecía coger el carril verborreico. Después, súbitamente, se quedaba en blanco, miraba al cielo, como si allí estuviera escrito lo que quería decir. Mascullaba, memorizándolo, y después lo soltaba:

—Siento lo de tus abuelos. Pero no hay mal que por bien no venga, ¿eh? Así pudiste escaquearte de aquí en el momento oportuno. ¡Menuda cagada lo del tipo aquel! El testigo.

—¡Cabrón! No me hiciste caso. Que si eran alucinaciones mías, que si me había metido algo en vena…

Me miró con cara de extrañeza. Como si realmente no recordara nada. Sacudió la cabeza.

—¿Qué cojones dices? —Dio un manotazo al aire, por delante de la nariz, espantando una mosca imaginaria. O una idea picajosa—. El jefe estará muy contento. ¡Mucho! Conmigo no puede contar tanto como antes. Ya ves. Tengo otros negocios entre manos que me interesan más.

Al reírse se ahogaba y un pitido asmático peleaba por salir

99

de la caja hueca de sus pulmones. Me echó de nuevo el brazo por encima del hombro y no me soltó. Pasaba por ser un gesto de exaltación de la amistad, aunque creo que obedecía más al intento de no perder la verticalidad.

Con la excusa de «tomarnos un tentempié» entramos en un bar andaluz de la zona. Pasamos media tarde a base de finos y flamenquines. También echamos algunas partidas en la máquina del millón, a duro los tres bolines.

Después, al cine parroquial, donde echaban la típica sesión doble, con una de Tarzán y otra de los Hermanos Marx. Si había suerte, una de ellas era en tecnicolor.

Víctor se quejó varias veces de un fuerte dolor de cabeza: «Me voy a tener que tomar otro café», «A ver si es que tengo el estómago vacío», «Al final, con un par de pastillitas, mano de santo». El último recurso lo usó hasta en tres ocasiones, por lo que ya bailaban como un sonajero los optalidones que le quedaban en el tubo.

Vimos entrar a Rita y a su novio, que se camuflaron en la oscuridad de las filas de los mancos.

—Es Tino Saavedra, el hijo de mi socio —me informó Víctor.

En la oscuridad de la sala, veía de reojo cómo mi amigo miraba a cualquier sitio menos a la pantalla. Gesticulaba, movía los labios en silencio. Hablaba solo, como si ensayara una explicación.

Por cuarta vez fue a recurrir al frasco de las pastillas, pero su torpeza hizo que se le cayera al suelo y rodara hasta las butacas delanteras. Me agaché para alcanzárselo. Cuando di con él, al girarme, me encontré con mi amigo en cuclillas, a mi altura. Hizo por que se encontraran nuestras bocas y me plantó un morreo apasionado ante el que me quedé petrificado.

Mi siguiente recuerdo me sitúa, exhausto, llamando a la puerta de la casa de Sarrià, sin resuello, con las manos y la nariz heladas, pero empapado de ese sudor frío que me recorría la espalda.

Me abrió la puerta Úrsula, más bella que nunca.

—¿Está Gallar? —acerté a decir con la respiración alterada.

Úrsula me miraba con los ojos muy abiertos, me cogía las manos y me intentaba tranquilizar.

—Pero ¿qué ha pasado? ¿Qué te ocurre? No sabía que habías vuelto a Barcelona…

No podía contestarle. Suficiente esfuerzo hacía para mantenerme en pie mientras me recuperaba de la carrera.

—No, no está el jefe. Sería raro, ¿no crees, niño? Nunca está aquí.

«Otra vez lo de niño de los cojones», maldije para mis adentros. Pero era cierto. Sería extraño que un sábado por la tarde, ya de noche, estuviera Gallar en aquel piso franco o lo que fuera para la organización. Todo era extraño: el nuevo estatus de Víctor desde la garita trasera de los billares del lumpen, sus trapicheos mafiosos de tres al cuarto y, especialmente, su beso de maricón. También había sido raro que no le hubiera soltado una hostia bien dada a aquel pervertido de mierda, que saliera huyendo como de la peste por aquel beso pecaminoso y que me hubiera plantado allí, llevado por la rabia, con los labios todavía con el sabor a sal, a tabaco y a ron que tenían los de mi amigo, con la saliva de su lengua en la mía.

Excitado. Muy excitado.

Tampoco sé por qué pregunté por Gallar cuando a quien deseaba ver era a ella. La tenía ante mí.

—¿No está Gallar? —insistí.

Como si al fin hubiera entendido el verdadero sentido de mi pregunta —antes que yo mismo—, Úrsula cerró la puerta, pegó su pecho terso contra el mío y noté su respiración cálida en mi cuello.

—Ni Gallar ni nadie.

24

El reloj del campanario me lo advirtió. Eran las dos de la mañana.

Aunque acabara de tener mi primera experiencia sexual, no dejaba de ser un niñato que debía ciertas explicaciones a los padres bajo cuyo techo había vuelto a vivir.

Úrsula dormía desnuda, profundamente hermosa, echada sobre la colcha. Me vestí con prisas y le di un beso en la mejilla. Le susurré «Te quiero». Desde las marañas de su sueño, reaccionó de mala gana y peores pulgas.

Chispeaba cuando salí a la calle. Mis planes y el sentido de mis pasos cambiaron cuando creí verlo apoyado en una columna, bajo los soportales. Estaba ovillado, con la cabeza gacha, la barbilla apuntando a su esternón. Entre la posición que había adoptado y la nebulosa de la cortinilla de agua, llegué a dudar. Sin embargo, el sombrero lo delataba.

Cuando ya estaba escasamente a tres pasos del hombre al que, por fin, iba a sacar de la sombra, dio un salto, como si dispusiera de un resorte automático que lo hubiera alertado, y echó a correr hacia el callejón cerrado por el murete del solar de la parroquia. Corría que se las pelaba. Pero le había visto la cara. Salí raudo tras él.

Lo tenía a tiro, estaba a punto de alcanzarlo y todavía me preguntaba si sería lo más prudente. No era lo que me había enseñado Gallar. Quizás debería haber subido a la casa de nuevo y desde allí, con la ayuda de Úrsula, avisar a la Policía, a mi jefe, y este a alguien con capacidad para darle caza.

¿Quería redimirme ante mi error garrafal de principiante de unos meses atrás? ¿Quería demostrar algo?

Llegó a la tapia antes que yo. Se encaramó con una habilidad propia del mejor atleta. Saltó al otro lado. Después oí el golpe seco de sus huesos impactando contra el suelo y su lamento, una especie de maullido ahogado.

Me aupé y, desde aquella altura de dos metros escasos, la luz mortecina de la única farola de la calle me mostró la escena. Vi el sombrero boca arriba, propio del mal augurio que quieren lejos de sí los toreros al lanzar la montera al aire. A la izquierda, la cabeza, ahora descubierta, desnucada, sobre una piedra húmeda no solo por la lluvia.

Salté y lo hice con mejor fortuna; solo sufrí la reacción alérgica de la hinchazón de la mano al rozar una ortiga. Me tuve que apoyar en los matorrales para no perder el equilibrio en el mismo lugar donde había resbalado él al caer sobre una auténtica ciénaga que se había formado por la acumulación de la lluvia y la fuga de una canalización del subsuelo.

Aun con la cara medio desfigurada, no tuve ningún problema para reconocer en aquellas facciones las mismas que había trazado el fisonomista de los juzgados. Harpo lo había clavado.

La imagen que me bailaba en los recuerdos, la que no acertaba a situar con exactitud, me sobrevino de golpe cuando empecé a revisar sus bolsillos. No llevaba documentación, pero del interior de la chaqueta saqué dos papeletas grapadas: el resguardo de dos billetes de autobús de Yebra de Basa a Huesca y de Huesca a Barcelona, como los que tuve en mis manos cuando hurgué entre las pertenencias de Úrsula. Eran de la misma fecha. La recordaba bien; fue el día que llegué a aquella casa de Sarrià.

Allí tenía, caído y desarmado por culpa de una muerte idiota, al causante de mi ataque de ira y celos. El mismo que aparecía en la foto de la playa echándole el brazo por encima de los hombros a la que creía que era la mujer de mi vida. Con menos pelo y con un rictus de dolor, pero él.

No tuve tiempo de sacar más conclusiones. La misma crisma que segundos antes había salido indemne de acabar como la de aquel fiambre, no pudo evitar, por carecer de ojos en el cogote, que alguien estampara contra ella un objeto lo suficientemente contundente como para que pasara al fundido a negro.

25

*H*acía meses que no dormía en aquella cama, pero mis huesos estaban hechos a ella. No en vano era donde había superado los peores delirios tras ver los estragos de la saña, de la cara más cruel que puede dejar firmada la maldad, en los ojos de aquella chiquilla apuñalada.

Ahora solo me mortificaba el eco de un zurriagazo que me dejó noqueado y medio sordo. Sin embargo, mi capacidad para encajar según qué golpes estaba a punto de ser puesta a prueba.

—¿Dónde está Úrsula? —fue lo primero que pregunté.

—A esta hora debe estar volando a México con un pasaporte falso —me explicaba un Gallar inédito sentado en el borde de la cama. Se le veía relajado en su pose y juvenil en el vestuario. Como un embajador en zapatillas.

—¿Sola? —insistí.

—No, sola no. Viaja con su amante.

—¿El muerto?

—Creo que te equivocas…

—¿Cómo me voy a equivocar? —lo interrumpí alterado—. ¡Lo vi desnucado delante de mí! ¡Oí cómo se partía el cráneo, el cuello…! Se quedó pajarito.

—No, no me refiero a eso. Cálmate, Ramón. —Hizo una pausa para tragar saliva y luego disparar—: Se ha ido con Ignacio.

—¿El lechero? —Quizás no estaba tan lúcido como creía porque todo me sonaba surrealista, llegado desde un sueño espeso. Y aquella revelación me dejó tocado. Todavía no hundido.

—Sí, su amante era el vecino.

—¿Y su mujer, la mujer de Ignacio?

—No, ella no los acompaña —ironizó Gallar—. La estamos interrogando. Creemos que estaba al corriente de todo. Ese matrimonio no era más que una tapadera.

—¿Quién era ese tipo? El muerto, digo. Lo había visto en una foto con Úrsula, en la playa. Le encontré un billete de autobús a Huesca, a su pueblo.

Gallar me miró a los ojos:

—Era su padre.

Sacó del bolsillo una libretita de tapa verde con anillas. Se humedeció las yemas de los dedos índice y corazón con la lengua y pasó las hojas cuadriculadas hasta llegar a los apuntes que buscaba.

—Felipe Sabater, natural de Yebra de Basa. Cincuenta y dos años —leía Gallar—. Úrsula debe tenerle un cariño especial a esa foto de la que me hablas. Quizás sea la última, o una de las últimas que pudieron hacerse juntos, antes de que su padre tuviera que esconderse. Ahora llevaba diez años huido de la Justicia, en la clandestinidad.

—¿Por motivos políticos?

—Si existen razones ideológicas para idear timos financieros de guante blanco, o que te lleven a ser el cabecilla de una banda especializada en todo tipo de golpes, sin descartar atracos a mano armada en sucursales bancarias de todo el país, entonces sí, entonces estaríamos hablando de una persona perseguida por motivos políticos.

»Hace unos años, al verse acorralado por la Policía, se refugió en el Pirineo. Y sí, macho, la Policía a veces es tonta. O qué sé yo. Tal vez pensaron que mientras estuviera oculto en un zulo en la casa familiar, al menos lo tenían controlado y no hacía de las suyas. Total, que después de tanto tiempo, de elemento durmiente pasó a elemento olvidado.

»Por lo visto, nuestra amiga vio una oportunidad al conocer a McNamara. Ya sabes que el americano era muy sensible a todas las causas políticas, así que le fue con el cuento de que su padre estaba siendo perseguido por sus ideas. Logró que Mac le prometiera que podría sacarlo del país, que podría facturarlo en dirección a América de una manera segura. Con esa intención, ella se lo trajo a Barcelona.

—Pero Mac no lo ayudó…

—No era tan fácil arreglar los papeles. Al yanqui le mosqueó tanta insistencia y presión, pero nunca nos informó de nada. Imagino que porque Úrsula le había advertido que nosotros tampoco éramos de fiar; que aquí no hay buenos de la película. O tal vez el americano estuviera sacando alguna contrapartida, de esas que le perdían, ya me entiendes, y estaría dándole largas al asunto para no renunciar al derecho de pernada.

Conforme iba conociendo más detalles, más ganas me entraban de volver a la inopia en la que había estado instalado durante todos aquellos meses. O, como mal menor, al limbo al que me envió el estacazo certero que me había dado el cabrón del lechero, si no la misma Úrsula.

Estaba dispuesto a perdonarle eso, y hasta su deslealtad con el vecino, o que hubiera vendido sus favores sexuales al americano, pero no albergaba ninguna esperanza de que ella algún día pudiera perdonarme que su padre hubiera muerto por mi culpa.

—Así que caso cerrado —sentenció Gallar dando una palmada al aire y levantándose de mi cama.

Yo no lo tenía tan claro. Pero a él y a los que regentaban algún carguito en las esferas superiores de poder les había venido de perlas cazar a un culpable que no pudiera rechistar.

—Un criminal, huido de la ley, y con razones para actuar por venganza —argumentaba—: Más claro, el agua.

—¿Por qué no lo mató a él, entonces, en lugar de a la chica?

109

—No le convenía eliminar a la única persona que podía ayudarlo. Matando a una de sus putitas lo acojonaba, le enviaba un mensaje; que lo tomara como una advertencia.

Era la forma de operar en la época: se dictaban sentencias en juicios sumarísimos cuando los acusados no tenían ni derecho ni capacidad alguna de defensa. Había que dejar claro que el Régimen, con su estado de cosas, era sólido, inquebrantable, y que los enemigos de la seguridad pública eran apresados y ajusticiados como Dios mandaba.

Pero a mí me seguía dando en la nariz que aquella era una manera tosca de dar por zanjado un caso que se me antojaba algo más complejo.

Si descubría la verdad, quizás fuera la única manera de que Úrsula no me viera como el verdugo de su padre.

Empeñaría mi vida en ello.

SEGUNDA PARTE

26

Noviembre de 2019

*E*l sobrecargo ha vuelto a avisar de que las turbulencias nos obligan a dar otra vuelta sobre el JFK. Ella duerme profundamente. A mí, en cambio, no me ha hecho ningún efecto la melatonina que tomamos nada más salir de París, después de cenar. Imagino que depende de la predisposición y de la química que se lleve en la sangre. O del efecto placebo, que también puede contribuir.

No he hecho otra cosa que repasar la entrevista. Llevo la copia a la que le dimos el visto bueno en el momento de embarcar.

Seguimos sin tomar tierra. Calculo que, con la demora del aterrizaje, ya se habrá emitido en España y mis palabras estarán viajando por todo el mundo. No me voy a librar de las consecuencias. Al menos, de las mediáticas. Las legales es evidente que quedaron prescritas hace años, en el caso de que las hubiera.

Reproduzco mentalmente alguna de mis respuestas y a todas les pondría alguna pega. No me entra en la cabeza que la perfección sea enemiga de lo bueno, como dicen. Igual que cuando después de ensayar coma por coma el guion de mis clases, me plantaba ante mis alumnos y no podía resistirme a la adrenalina de lanzarme a la piscina de la improvisación. Nunca conseguí otra cosa que aturullarme. Luego me maldecía por haber utilizado argumentos menos científicos que los que llevaba aprendidos.

Hubiera preferido dejar escrita esta historia. Solo escrita. Porque también tengo que lidiar con la incomodidad que me provoca escuchar mi voz. Tuve oportunidad de conocer a mucha gente de radio. A la mayoría les afecta ese mal. Especialmente a los carentes de vanidad, que aunque sean especímenes en claro riesgo de extinción, también los hay.

Entre todo lo que tuvimos que dejar «atado y bien atado», estaba la elección del periodista a quien agraciar con el legado. Escogimos regalarle el caramelito a Belén del Collado, de Radio Cadena Nacional. A ella le ofrecí la entrevista en la que lo explicaría todo. Se grabaría en Llanos del Pisuerga. Debía desplazarse solo ella y provista con un modesto equipo técnico de audio, algo que hoy en día se solventa con un teléfono móvil. No habría imágenes de ningún tipo y, sobre todo, no debería trascender nada antes de su emisión. No podría filtrarse absolutamente nada.

«¿A nadie?»

«A nadie.»

«¿Y qué le digo a mi jefe?»

«No me decepciones, Belén. Tú eres una chica con recursos.»

«Adelánteme de qué va esa supuesta exclusiva tan brutal.»

«Tiene que ver con la exhumación de Franco, con la caída del helicóptero y con todo lo que todo el mundo sabe ya, pero que nadie se explica. Yo puedo hacerlo.»

«No quiero dudar de usted, pero si no me dice quién es… Discúlpeme, es que aquí llama mucho loco.»

«Te entiendo. Le puedes preguntar a tu padre si es cierto que se sentaba siempre en primera fila en las clases de Realización en la Escuela Oficial de Televisión y Radiodifusión —se me ocurrió—. Entre De la Banda y Borau. Y si ha dejado ya de hacer el chistecito que cuenta siempre sobre que se casó con la segunda porque el primero no era su tipo, demasiado payasete.»

El silencio sonó tan fuerte que la oí tragar saliva. Hacía pocas semanas que su madre había fallecido.

«Te he llamado por la admiración que siempre sentí por ambos.»

Madrid, 1973

Cada vez que paso por Atocha, por la boca del metro que me engullía nada más saltar a la calle desde la pensión, revivo mi encuentro con aquella ciudad que se desperezaba mucho más tarde, aunque de manera más bulliciosa; que me helaba los pies; que me envolvía en la espesura de su niebla en las mañanas de invierno; que me dejaba la nariz hecha un carámbano que solo despertaba al olor de las primeras porras. Me vuelvo a pasar el reverso de la mano por los labios como hacía entonces para comprobar que los nudillos siguen pelados, con la piel cuarteada, reseca, moteada en sangre. Y me vuelvo a preguntar, también como en aquellos días, qué se me ha perdido a mí en este Madrid de conspiraciones de palacio que se escriben en la sombra de despachos grises, con muebles de apariencia noble y mucho polvo y pelusas bajo sus alfombras.

Frente al espejo, ensayando las clases, veía al Ramón Santolaya que quería haber sido y que a mis veintipocos ya había renunciado a ser, a pesar de los muchos progresos hechos para saltar la barrera que me impedía mostrarme tan locuaz y extrovertido como lo era con una pluma y unas cuartillas.

Al escribir también tengo esperándome a cada renglón un ejército de dudas que, cual pepitos grillos amargados y desafiantes, cuestionan si es una decisión firme la de descartar esa frase que se quedó por el camino; si el verbo desechado podría haber sido mucho más certero que el que elegí, o por qué no habría de darle una oportunidad a la voz que rechacé. Con estos soy capaz de asumir el pulso y batirme en duelo. Libro un combate de tachaduras, de folios arrugados, recogidos de la papelera algunos de ellos y planchados con la palma de la mano empañada de mi aliento para adoptarlos como míos, aunque a la luz del día siguiente me parezcan hijos bastardos de los que vuelvo a renegar.

Hablando, no. Hablando no dispongo de esas alternativas y, a cada frase, el haberme decantado por uno de los caminos por los que pudo haber optado mi habla me mortifica. Como resultante del engrudo, el interlocutor o, lo que es aún peor, el auditorio, ven a un Ramón Santolaya congestionado en un rubor sudoroso, balbuceante, que se atasca a cada dos proyectos de palabra y que suda la tinta gorda que echa de menos.

Me aprendía cada clase que iba a impartir como si fuera el libreto de una pieza teatral. Meterme en esa piel me convencía de que llegaba al aula en posesión de un salvoconducto para salvar la timidez. Mis alumnos me tenían por un tipo firme, hasta un tanto arrogante, dominador del verbo y del espacio. Porque en eso consistían mis enseñanzas a los futuros comunicadores en la Escuela de Radio y Televisión donde Gallar, como último servicio, había logrado adscribirme antes de quitarse de en medio, antes de que renegase de la causa y de que fuera señalado como un traidor.

Con esas palabras Raúl Noguerales se despachó a gusto, como si se desquitara de un rencor hondo. Noguerales era mi nuevo enlace en el Ministerio. Sabedor del ascendiente que tenía Gallar sobre mí, se propuso demostrarme que ya no podía fiarme de él. Lo hizo con documentos gráficos que situaban a mi padrino junto a quienes estaban considerados los líderes del Partido Socialista, los que reorganizaban la formación desde el exilio francés afilando cuchillos, armándose para lo que estaba por venir en España.

No dejaba de ser paradójico que las últimas palabras de Gallar antes de enviarme a Madrid fueran que él se quedaba tranquilo sabiendo que estaría en muy buenas manos, las de un hombre leal. Se refería a Noguerales.

Mi traslado a la capital coincidió con el momento en el que, por edad, me tocaba servir a la patria de otra manera a como lo estaba haciendo: con el servicio militar obligatorio, que ya no podía demorar más una vez cumplidos los 23.

«Te vas a Madrid. Haces una mili ligerita. Nos encargamos de que sea así. Y, de paso, estás en toda la pomada —me vendió Gallar—. Se va a montar un nuevo tinglado y es la oportunidad perfecta para ti, Santolaya. Hace falta gente avispada, gente joven, como tú. Urge relevar a la vieja guardia.»

«¿De qué se trata?»

«De información. Pero información de verdad.»

«¿Eso no lo llevan los de la Contrasubversiva?»

«Lo llevaban. Hasta hoy. En Presidencia quieren hacer una limpia; que los que de verdad nos encargamos de eso tomemos el control. Hazme caso. Ahí puedes hacer carrera, macho.»

La Organización Contrasubversiva Nacional (OCN) había quedado en manos de cuatro gañanes más peligrosos que efectivos. Se boicoteaban unos a otros. Habían tejido una red clientelar de informadores externos tan extensa que la única manera de saber quién estaba con quién era cortar por lo sano y empezar de cero. Era imprescindible darle un buen lavado de cara. Además de la purga, el año anterior le habían cambiado hasta la partida bautismal. Bajo la denominación de Servicio Central de Documentación (Seced), se procedió a reorganizar el espionaje español para que fuera homologable al nivel mínimo que exigían las relaciones internacionales con aquellos países a los que se les estaba vendiendo una cara

abierta, moderada y progresista de una España acogedora que
había cambiado el blanco y negro por el color. Queríamos ser
para el mundo el más fiable destino turístico.

La mili fue una excusa. Mi vida cuartelaria se limitó a dos
días por Carabanchel. No es una forma de hablar. El primero
lo ocupé en alistarme. Me tomaron filiación, me cortaron el
pelo como si hubiera sido infestado por chinches y piojos, y
me entregaron el petate y un uniforme que no vestí jamás.
El segundo día sirvió para, nada más ponernos en formación,
escuchar al sargento vocear mi nombre: «¡Santolaya Rangel,
Ramón!». Di un paso al frente. Él me invitó a que diera unos
cuantos más, pero con destino a Capitanía: «¡Aire, recluta, que
el deber te llama!». Allí me informaron de que me había recla-
mado un alto mando.

Fui de tapadera en tapadera hasta acabar en Prado del Rey.

Nada cambió en ninguno de los cubículos en los que se hicieron anchas y torpes mis posaderas. Carrera, lo que se dice
carrera, como pronosticó Gallar, no sé si haría, pero culo y panza… El espejo del baño de la pensión me puso sobre aviso. Así
que me empeñé en patearme Madrid de arriba abajo; llevaba
camino de lucir fisonomía de cincuentón sin haber alcanzado
la treintena, como todos los oficiales de mi rango o por encima de él. El servicio de inteligencia estaba adscrito a la escala
militar, como la Guardia Civil, aunque a mí me disfrazaran
de vulgar chupatintas con pantalones de pana y chaquetilla de
punto, adiestrado para pasar inadvertido. Mi principal misión
consistía en que los burócratas que me rodeaban en cada destino ni se preguntaran qué hacía en mi despacho.

En la sede de Radio Televisión Española supe que se ru-
moreaba por los pasillos que Santolaya era un enviado de
«los de arriba», un intocable que habían colocado allí para
que tomara nota de todo y nadie se saliera de madre; una
especie de censor de los censores. Me convenía la fama, pero
nada más lejos de la realidad. Y sí que tomé nota, aunque eso

no me ocupó más de semana y media. El resto de los meses que vagué por estudios y pasillos únicamente me evadía del tedio la escapada a la Escuela para impartir clases de Comunicación un par de tardes a la semana.

Tampoco me quejo, porque mi talante distaba mucho de quien echa de menos otra actividad que apele más a la heroica. Nunca he sido amante ni del riesgo ni de la aventura.

Mientras esperaba nuevos cometidos y husmeaba entre platós y redacciones, me camelaba a alguna que otra secretaria de dirección para que me calentara los pies a la hora de la siesta mientras su jefe echaba media tarde en la partida de mus de sobremesa. Los encuentros furtivos siempre tenían lugar en un hotel de carretera. No podía romper mi halo de superpreboste llevándomelas al catre de la humilde pensión de Atocha, que era para lo máximo que me daban las dietas oficiales. Luego pasaba los gastos contables al capítulo de fondos reservados para mis obligaciones, por supuesto. Con esas secretarias cohabitaba con fines puramente informativos. Entre el ardor bajo las sábanas y la confianza que el arrullo carnal genera, resultaba menos afectado asaltarlas a preguntas sobre diversas informaciones, incluyendo los chismes de toda ralea.

Así fue como llegué hasta Luz, una periodista con expresión engañosamente cándida, aunque si estacionabas por su mirada, no podías dejar de sucumbir al hechizo hipnótico del fuego que tenía dentro.

A Luz no la conocí en la cama. En la cama me habló de ella, poniéndomela de vuelta y media, la secretaria del jefe de Personal, una toledana tan resabiada y envidiosa como para que mi sexto sentido me enseñara qué camino tomar y, de nuevo, no se equivocara ni un milímetro. Tanto te denuestan las malas lenguas, tanto vales.

Luz Senillosa, al contrario de lo que estaba acostumbrado a ver en la actitud de quien pasara por mi despacho, se presentó con paso firme, sin frotar ninguna inquietud entre sus manos, sino dándome con decisión la derecha, alargándola tanto como ese cuello de gacela que anticipaba que iba a alcanzar aquello que se propusiera.

—¿Ha mandado llamarme, señor Santolaya?

Ante ese trato, me tenía que reprimir un cosquilleo a medio camino entre el vértigo y la risa. Me miraba por dentro y seguía viendo a un niñato, un mocoso al que el personal rendía pleitesía por un cargo del que no conocían su ámbito real de competencias. Lo cierto es que lo que suponía que era un sarpullido propio de la juventud lo he continuado sufriendo con más de sesenta años. He tenido siempre esa percepción, eso que llaman el miedo a que se descubra nuestro fraude. Un amigo psicólogo me convenció de que lo sufren desde los más altos mandatarios políticos hasta el papa de Roma. Siempre que no padezcan de otra dolencia aún peor, la conocida como megalomanía.

Mientras Luz tomaba asiento, dejé sobre la mesa que nos separaba la carpeta que acababa de recuperar y que había llegado a dar por perdida. Unos días antes la había encontrado ordenando las cajas de la mudanza hecha desde la primera sede del Seced, en la calle Alcalá Galiano, donde fuimos reclutados e instruidos los primeros funcionarios del Servicio Nacional de Documentación. Era aquella carpeta rotulada con la V, la que empecé a dotar de contenido en la trastienda de la sacristía de Sarrià y que en los últimos meses solo había acumulado arrugas y polvo.

—¿Usted cree en las casualidades, señorita Senillosa? —le pregunté a la periodista.

Me respondió con una expresión que dejaba a las claras que qué narices se responde a eso sin caer en la vulgaridad, que cómo podía salir indemne de una pregunta trampa de ese calado. Su mirada imploraba que se tratara tan solo de un recurso retórico que me sirviera para soltarle lo que tuviera que soltarle.

Lo había ensayado, como una de mis clases:

—Yo desde ayer, sí. Sí creo en las casualidades. —Blandí

la carpeta—. Esta es la causa. Esta uve enorme que ve aquí la escribí hace algunos años, seis o siete. Es la uve de «víctimas». Empecé un día escuchando la radio, el servicio de socorro de esta casa, de Radio Nacional, y en realidad no había sabido nunca por qué o para qué.

»Y hace un par de días la carpeta volvió a mí. Como un milagro. Justo el día en que alguien me había hablado de que contábamos con una reportera que quería hacer cosas nuevas, a quien le parecía que estamos anquilosados, que buscaba una oportunidad para hacer periodismo de verdad, como ese que se hace en Europa, en América, que no se conformaba con limitarse a leer el parte oficial que viene dictado desde ya sabemos dónde, que no quería ser un busto parlante. Incluso, me llegaron a decir, que a esa periodista le habían ofrecido presentar el Telediario de los fines de semana y había desestimado la oferta, una oferta por la que mataría cualquiera de sus compañeras.

—Con todas esas pistas, diría que se está refiriendo a mí.

Agradecí la impertinencia y su descaro, pero no se lo hice saber, obviamente. Me vino de perlas. No era lo mismo soltar el discursito ante el espejo que con ella delante. Necesitaba una pausa. Me daba la impresión de que había perdido el pretendido tono de una exposición didáctica y estaba sonando a regañina paternalista ante la nena díscola y yeyé.

—Aquí, en esta carpeta, está el punto de partida de ese reportaje que creo que puede hacer usted.

—¿Es un desafío o un castigo?

—No, señorita, es un encargo. El mejor de los encargos. Créame si le digo que si sacamos algo en claro de los casos de estas chicas, se le recompensará debidamente.

—¿De qué se trata?

Le expliqué mi teoría sobre el hilo conductor, un denominador común en la desaparición en Barcelona de una serie de chicas de origen rural y humilde, y que tenía algo más que el pálpito de que ese caso no se explicaba por una casualidad.

121

Me salté la parte de mi secreta convicción sobre que si llegábamos hasta el culpable, descubriríamos al verdadero asesino de la acompañante de un espía americano que se hacía pasar por representante de Comercio y para el que yo había trabajado de lazarillo. También me callé que buscaba exculpar a quien se le imputó aquel crimen. Ya me ocuparía de que ese acto de restitución moral llegara a oídos de Úrsula, estuviera donde estuviera.

28

A Noguerales se le podía confundir fácilmente con Fernando Díaz Plaja, el escritor que en aquellos años estaba triunfando más que el Starlux con su ensayo *Los españoles y los siete pecados capitales*. Podría dar el pego ante la prensa y, si me apuran, hasta en su casa a la hora de comer. Siempre que no abriera la boca, pues entonces evidenciaba un divorcio entre la planta de *gentleman* que compartía con el intelectual y ese habla de cabo chusquero con la que no habría medrado en la carrera diplomática, la que usaba para insistir, tras el cuarto carajillo, en que me invitaba a «unos buenos chochetes» como postre en una casa de la calle Ballesta, «limpísima y de absoluta confianza». Tantas veces como yo declinaba ese privilegio, él volvía a darle rueda al molino sin perder el ánimo ni la afición. Y lo repetía tal cual cada vez que despachábamos en su mesón favorito, una casa de comidas en Alonso Martínez donde me citaba un par de lunes al mes para que le pusiera al corriente de mis asuntillos mientras dábamos cumplida cuenta de un contundente cocido. Así acababa él y así se lo encomendaba yo al taxista de turno, a quien le confiaba al borracho y las señas donde habría de dejarlo, como había hecho mil veces en Barcelona con Mac. No le arrendaba la ganancia a su santa.

—Entonces, dicen que te estás crujiendo a la holandesa, ¡mamón! —me obsequió cuando llegaron a sus oídos rumores sobre mi supuesta relación con la periodista Luz Senillosa.

La chica no era de origen neerlandés, sino nacida en Tomelloso. Sin embargo, un colorín de pelo que, según el sol, podría invitar a pensar que iba perdiendo el rubio en favor de un tono rojizo y unas pecas echadas a voleo sobre su nariz y mejillas le daban cierto aire de europea.

—¡Vamos, cabronazo! A mí no tienes que mentirme.

—No hay nada de eso, señor.

—Pues por ahí van diciendo otra cosa.

Rezaba para que fuera algo mayor el nivel de exigencia aplicado a la calidad de la información que asumían como fidedigna en aquel puñetero ministerio de los espías.

—Son las lenguas de doble filo, señor.

—La ven entrar y salir mucho de tu despachito, nene, y con unos andares que van proclamando a los cuatro vientos que ese culito no pasa hambre. A mí no me vas a engañar, *salao*.

—Le he encargado un trabajo de investigación —quise zanjar visiblemente incómodo.

—¿Que has hecho qué?

Temí haber metido la pata hasta el corvejón. Aunque tal vez solo fuera que la pesada digestión y la turbiedad del alcohol habían hecho que mi confesión le sonara a chino mandarín.

—He pensado que es una buena fórmula para meter las narices en un asunto turbio sin tener que mancharnos las manos en el Seced —le expuse con serenidad.

—Explícate.

Y como parecía interesado, argüí mi teoría, que no era más que poner en tela de juicio unas conclusiones policiales que habían ido a misa sin mucho fundamento. Y como lo que le expliqué se salía de las convenciones, y como si te salías de las convenciones, no te miraban desde arriba con buenos ojos, sino más bien al contrario, te ponían en entredicho y te convertían en sospechoso, y como si acababas en la lista de los sospechosos, podías tener un final no deseado, y, en definitiva, como lo que yo buscaba distaba mucho de eso, pues esa tarde acabé acompañando a Noguerales a la casa de lenocinio de la calle Ballesta, aunque me limitara a leer el libro de Díaz Plaja mientras su sosias se entregaba al pecado de la lujuria tras haberlo hecho horas antes al de la gula, aderezado por la ebriedad. Eso sí, pagué yo. Y quién sabe si con ese pago, aunque no salvara mi alma, salvé el pellejo.

125

29

*L*a relación con la elegida no empezó siendo fácil. Ella no lo era. Luz destacaba por su recelo y por un aguzado sentido crítico que la obligaban a cuestionárselo todo. Mi encargo era lo suficientemente extravagante como para que su gesto llevara puesto a diario un ceño cosido por la desconfianza y una mirada graduada por la prevención.

No contribuyó a que se relajara cuando se enteró de que mi débil memoria había pasado por alto un dato fundamental. Así que cuando volvió a mi despacho, lo hizo echando pestes y tierra hacia atrás, como toro que prepara la embestida; con unos modales en las antípodas del peloteo al que me había acostumbrado el personal de la casa.

Tiró la carpeta sobre la mesa. Y también tiró de genio y rabia.

—¿Qué narices significa esto? ¿Un vacile? ¿Por quién me ha tomado? ¿Se ha divertido ya bastante?

Yo la miraba hundido en el sillón, esperando a que me diera alguna pista sobre aquel ataque furibundo. Sinceramente, no tenía ni la más remota idea de qué podría haberlo originado.

—¡No existió ninguna!

—¿Cómo que…?

—No coincide ningún nombre de los que me ha facilitado con el de ninguna chica desaparecida. ¡Ni uno solo!

En unas décimas de segundo se me pasaron por la cabeza las ideas más rocambolescas y hasta conspiranoicas. ¿Habría cambiado alguien el contenido original de la carpeta? No se me ocurría con qué finalidad, pero estando entre espías, no es bueno fiarse ni de quien te advierta de que no te fíes de tu sombra.

Recogí la carpeta y la abrí con ansiedad para repasar mis viejas anotaciones con una letra más ingenua y adolescente. También había transcurrido el tiempo necesario para que la neblina del olvido se posara sobre las ideas que vi con tanta claridad en su momento.

Enseguida pude despejar sus dudas y deshacer el entuerto.

—Perdone, señorita. No le advertí una cosa. —Al incorporarme, me salió una voz redonda y segura—. La lista está hecha con un código en diagonal, para despistar a los ojos ajenos a la causa.

Por primera y única vez, la vi humillar la cabeza, sabedora de que la explicación que le daba era coherente.

—La próxima vez que tenga alguna duda, le rogaría que controlase esa ira. No le sienta nada bien, además de resultar un pelín grosera. —Hice una pausa dramática como las que había visto en el cine—. Póngase a trabajar.

Levantó la mirada y se la aguanté aparentemente impertérrito. Sus labios se movieron con intención de decir algo que en el último instante reprimió. Nunca sabré si llevaba camino de ser una disculpa u otra andanada vehemente que le brotase desde el orgullo herido.

Cuando se dio media vuelta y vi cómo cerraba la puerta, me dejé vencer de nuevo sobre el sillón, con las piernas poseídas por un tembleque de esos que me hacían chocar las rodillas. Un río de sudor helado había encontrado su cauce espalda abajo.

No tardó mucho en pedirme audiencia por las vías protocolarias. Una semana después de aquel tempestuoso encuentro, Luz habló con mi secretaria. Estoy seguro de que obtuvo los primeros resultados sobre la suerte de aquellas chicas algo antes, pero consideraría que las aguas debían calmarse antes de tenerme frente a frente y exponerme sus conclusiones. Le había pedido que no dejara de informarme a la vez que fuera desbrozando el camino. Sospeché que ella se ponía algo a la defensiva. Indicaciones tan atípicas como esa se sumaban para que me mirara con desconfianza. Era una sensación que leía en la cabeza ladeada de quien mastica pensamientos del tipo: «Debe haber algo que este tipo me oculta». Como si no pudiera avanzar si no lo hacía con pies de plomo.

Cuando la vi entrar en el despacho aquella tarde, el colorete natural que la primavera había puesto en sus mejillas la hacía algo más holandesa.

—Es usted un gran oyente de radio —empezó con este pretendido halago—. He cotejado su lista con las llamadas que se hicieron en esos años a través del servicio de socorro. Solo se le pasaron por alto un par. De dieciocho, es un gran promedio.

Yo había sido previsor y había pedido la información que constara en los archivos policiales, a sabiendas de que en ese negociado eran un puñetero desastre. De esas dieciocho, en cuatro casos se había aclarado que no hubo más misterio que la huida de un ambiente hostil o de un padre maltratador. Otras dos supuestas desaparecidas lo dejaron todo por amor: una gallega de Verín para fugarse con su maestra de bachillerato y una adolescente riojana que escogió al titular de la parroquia para pasar con él el resto de su vida, en Francia o más allá.

Así que teníamos catorce casos. Catorce chicas que entre 1966 y 1972 habían desaparecido en Barcelona y que respondían a un mismo patrón: muchachas llegadas desde otra provincia, preferentemente de una zona rural, atraídas por el reclamo de un anuncio que les ofrecía un trabajo estable sirviendo en una casa de bien como internas.

—¿En la misma casa?

—No, señor, eso nos lo pondría demasiado fácil. —Aunque contenida, enfatizaba sus frases con la mano derecha, como si dirigiera una orquesta.

129

—¿Y el anuncio?

—El anuncio sí que fue siempre el mismo.

—¿Lo tiene usted ahí? —Le señalé la pequeña carpeta de gomas con la que había aparecido; la seguía protegiendo fuertemente contra su pecho con la mano que había sacrificado para su habla gestual.

En un movimiento tan hábil como eléctrico, en menos que se persigna un cura loco, ya había dejado sobre mi mesa una página recortada de la revista *Garbo*. En bolígrafo, un círculo rodeaba el texto de un anuncio por palabras que de otra forma quedaría perdido a la deriva en aquel mar de letras.

—Había que escribir a un apartado de correos de la propia revista.

—Ya veo.

—Me he puesto en contacto con la empresa que la publica.

—¿Qué les ha dicho? ¿En nombre de quién los ha llamado? No ocultaba el temor de que a Luz no se le fueran a curar así como así los raptos de vehemencia. Era parte de la naturaleza de quien, en más de dos y en más de tres ocasiones, me arrepentiría de haber escogido como cómplice.

—No tiene por qué preocuparse. No soy lela. Todavía no sé por qué me ha endosado esto, pero sospecho que no es para que esta humilde reportera haga méritos para ganar un Ondas.

»He puesto todo el acento manchego del que soy capaz y les he dicho que había encontrado un anuncio en un número antiguo de su revista, que he visto en la peluquería, y que me interesaba mucho porque me quería ir a vivir a la ciudad, pero como era de hace unos añitos, llamaba para saber si el anuncio continuaba activo. Todo esto a la niña de la centralita. Después, a alguien de la redacción. Me han pasado con publicidad. Les he soltado a todos la misma monserga. Y me han colgado de malas maneras, de muy malas maneras.

30

Barcelona, 1973

Publicaciones Heres, la editora de *Garbo* —también de la revista *Fotogramas*—, tenía su sede en Barcelona. Aprovechando que visitaba a mis padres un par de veces al año y que ya hacía muchos meses que no los veía, decidí que esa iba a ser una muy buena oportunidad para actualizarme en los achaques de mi pobre madre y escuchar los chascarrillos del señor Santolaya, además de darle algún abrazo que otro a mis tías y recibir a cambio sus besos de repiqueteo sonoro.

Mi vínculo familiar con la ciudad era una buena excusa para que Luz no se tomara mi paso al frente en la investigación como una manera de desautorizarla. La invité a que me acompañara. Le tuve que advertir que, si iba a estar presente en mi encuentro con la mandamás de la revista, no se escandalizara ante lo que pudiera oírme decir, ni en calidad de qué iba a invocar que lo decía; que simplemente me siguiera el juego.

Garbo había empezado a publicarse a principios de los años 50. Se distinguió enseguida por ser el nuevo catecismo de una mujer urbana, moderna, con cierto gusto para la moda y el diseño, y que se interesaba por eso como lo hacía por las tendencias literarias y culturales que soplaban desde París, Roma y Nueva York. Barcelonesas y madrileñas vieron en sus páginas una ventana abierta a esos mundos idealizados, pero su verdadera expansión popular llegó cuando sus números comenzaron a ser reclamados por quioscos de Valencia, Bilbao y Sevilla; y aún más cuando el éxito se extendió por esa España más abandonada, porque las chicas de Cuenca, de Málaga y Ávila no solo soñaban con la heroína luchadora y sacrificada de la radionovela, sino que no desechaban poder mantener algún día aquel mismo estilo de vida *chic* que había caído en sus manos en forma de papel cuché.

Al frente del pujante emporio estaban sus fundadores, Antonio Nadal-Rodó y su esposa María Fernanda. La gente conocedora del sector, como años más tarde declaró en entrevistas alguno de sus herederos, no dudaba en sostener que él era el periodista y ella la auténtica empresaria, quien llevaba en el ADN el espíritu emprendedor. María Fernanda parecía tener unos apellidos que hacían justicia a su forma de manejarse en la vida y en los negocios, dando una de cal y otra de arena. El Gañán inscrito en el registro por parte de padre precedía al Cortés que le otorgó su señora madre.

La pizpireta secretaria de Publicaciones Heres nos dejó en una sala de espera, sometidos al castigo del hilo musical donde sonaban los grandes éxitos de la orquesta de Ray Conniff, antes de ser recibidos por María Fernanda Gañán Cortés, a la que ella llamó «la señora de Nadal-Rodó». Cuando por fin nos invitó a pasar, nos ofreció té «o cualquier otra infusión». Lo hizo tantas veces como hubo de servirle una taza a su jefa, y fueron al menos tres durante la escasa media hora que duró el encuentro en aquel despacho tan elegante como desprovisto del artificio de la burguesía catalana; la señora Nadal-Rodó pertenecía a esa clase, sin ningún género de duda, y también era evidente que renunciaba a sus absurdas afectaciones.

La breve reunión fue suficiente para que viera en ella una firme determinación: era inasequible a cualquier tipo de conchabeo que permitiera llegar al trato que yo estaba dispuesto a ofrecerle.

—Esto que me piden es imposible de todas todas —insistió—. Es cierto que me veo ante un dilema moral muy difícil de resolver. Por una parte, están esas pobres chicas, sus familias… ¡Dios mío! No quiero ni pensarlo. No soy capaz de ponerme en su piel sin que se me revuelva todo. Pero, por otra parte, entenderá que firmamos un pacto de confidencialidad con nuestros clientes. No puedo incumplirlo. No puedo darles el nombre de ese anunciante si él no me da su permiso.

—Podría obligarle a hacerlo un juez.

—Si el caso de las muchachas es tan tan claro como me cuentan, su señoría no va a tener ningún problema en redactar una orden. —Palmeó simultáneamente los reposabrazos e hizo amago de levantarse. Con afectación resignada, dio por concluida la cita—: Disculpen que no hayamos podido ser más atentos en el trato, pero es que, no sé si están al corriente, no pasamos por nuestro mejor momento.

¡Bingo!

Hasta ahí quería yo llegar. Seguro que la carta que llevaba marcada tenía que ver con aquella crisis. Lo había atado con Noguerales, que a su vez lo había pactado con su superior en Gobernación, quien le había asegurado que en Información y Turismo, llegado el caso, serían benevolentes. La propietaria de *Garbo* había aludido a la amenaza de cierre inminente que se cernía sobre la publicación. Una suspensión parcial de dos meses, aparte de una multa de agárrate y no te menees para la época: 250.000 pesetas de vellón.

La revista no renunciaba a que los chismes compartieran espacio con cuentos literarios de Ana María Matute o con un serial detectivesco. Uno de los reportajes más sonados se tituló «El largo y cálido viaje de Dominguín y Mariví». Lo habían publicado dos años antes destapando la infidelidad del torero a su esposa, Lucía Bosé.

Sin hacer ademán de levantarme, comenté que podíamos hacer algo para paliar sus dificultades.

133

—Si tenemos que pagar la multa, la pagaremos. Si la censura, porque no me negará que eso es una censura como una catedral, nos cierra el negocio, allá ellos con su conciencia, pero no voy a traicionar a un cliente.

—Si habla con su marido y cambiara de opinión… —le sugerí—. Voy a estar aquí hasta el lunes. Hotel Majestic. Habitación 322. Aquí tiene mi tarjeta.

—Le deseo una feliz estancia en Barcelona, señor Santolaya… y acompañante —soltó con ironía mirando a Luz.

—¿Está segura de que no podemos llegar a algún tipo de entente cordial, señora de Nadal-Rodó?

—Los principios son los principios.

Y para ella, a fe que eran lo primero.

31

Abrí los ojos y me costó orientarme en la oscuridad. Miré el reloj y eran cerca de las dos de la madrugada. Por lo visto, mi hora fetiche.

La cama quedaba al fondo de la suite, protegida por una puerta corredera del mismo grosor que un biombo. Aun así, me costó oír los golpecitos que alguien daba en la puerta de la habitación desde hacía un rato. Los había integrado en el sueño del que poco a poco escapaba. Era como si llamaran con las yemas de los dedos.

Me levanté y puse la oreja contra la madera.

—¿Sí?

—¿Señor Santolaya? —preguntó desde fuera una voz femenina, sin elevarla más allá del cuchicheo—. ¿Está usted ahí?

Abrí y me encontré con un rostro asustado, iluminado solo por el reflejo de la luz de emergencia del pasillo.

—¿Puedo pasar? —me suplicó.

Me costó reconocerla, desprovista de la doble capa de maquillaje bajo la que escondía su verdadera expresión la secretaria de la señora Nadal-Rodó.

En pie, y como si estuviera en la cuenta atrás de un explosivo a punto a detonar su carga, me ametralló con su verborrea:

—Quizás piense que soy una descarada, pero no pude evitar escuchar lo que hablaron esta mañana. Por cierto, ya sé que no son horas. No lo son. Bueno, lo son solo para que usted pueda hacerse una idea muy equivocada de la razón de mi visita, de que me plante aquí, en su habitación, a las tantas de la madrugada. No vengo a insinuarme ni nada de eso, señor Santolaya. ¡No vaya usted a pensar! ¡Otra cosa seré, pero una buscona, no, ni hablar del peluquín! Dios me libre. Mire. ¿Ve el anillo? Pues eso, que soy una mujer felizmente casada. Y espero que mi esposo no se entere de nada de esto. Me mataría. A ver, es una forma de hablar, pero sí, me mataría. Él tiene turno de noche en la imprenta. Ha salido tarde de la casa, y hasta que no se ha ido él, no me he podido escapar, por lo que ya perdonará las horas…

En un concurso en el que puntuaran las palabras pronunciadas por minuto, yo buscaría a la segunda clasificada, porque el puesto más alto del pódium lo ocuparía ella.

De forma tan caótica como atropellada, añadió que si pusiéramos en fila india a aquellos que, tras saber lo que ella estaba haciendo en ese instante, quisieran estrangularla, habría que colocar a la par que a su marido, a su venerada jefa —«Bueno, primero me despide y después me mata»—, y que no era cuestión de traicionarla, pero que no podía dejar de contarme lo de su prima de Murcia, Magdalena se llamaba, quien también había respondido al anuncio en el que se ofrecía el trabajo de servicio en casas de postín de Barcelona.

—Y empezó a trabajar. Y bien. Los dos o tres primeros meses, todo estupendamente. ¡Uy, lo contenta que estaba de haberse venido de Ceutí y haber dejado atrás aquella vida tan provinciana donde todo eran habladurías!

»Pero quite usted, hombre. Que ¿no van y le dicen que podía ganar muchos más cuartos si acompañaba a zutano una noche, o si salía con fulano otra? Y, claro, a la Magdalena no le sonó nada bien aquello. Ella era muy limpia y muy digna y que, para hacer de puta, se habría quedado en el club de Lorquí, o en otro que tiene mucho éxito entre los camioneros que hacen la ruta de Albacete, y de allí a Madrid. Hizo las maletas, y allí que está, en Ceutí, en la casa. A salvo. Otras chicas que llegaron no tuvieron la oportunidad. Se ve que las amenazaban si no se ponían de putas, no iban a ciertas fiestas y hacían todo lo que los chulos querían. Les decían que lo pagarían sus hermanos pequeños, o sus sobrinos. Les enseñaban fotos y todo.

»Lo que quiero decirle es que esas otras chicas no tuvieron la misma suerte y no pudieron salir pitando, huyendo como de la peste. Porque estaban muertecitas de miedo. No me extraña…, si te dicen que le van a cortar los dedos a tu hermana pequeña, es un decir, o los cataplines a tu primo…, pues eso achanta.

»Muchas de ellas acabaron mal, muy mal. A saber si las forzaron, si las obligaron a hacer cosas que ellas no querían, porque a usted se le ve joven pero con mundo, y tiene que saber mejor que nadie que hoy en día la maldad anda suelta por ahí, que te espera en cualquier esquina y te pega unos mordiscos que te deja en el sitio.

—¿Usted sabe quién ponía esos anuncios?

Hubo un silencio. Denso.

—Melquíades Marco.

—¿Cómo dice?

—Que se hace llamar así, Melquíades Marco.

—¿Es un nombre falso?

—Eso me da en la nariz.

—¿Y lo ha visto por la sede de la revista?

—Varias veces.

—¿Tiene algún dato más sobre él?

—Nada más, señor.

—¿Cómo es? ¿Lo podría describir?

—Un tipo normal. Ni alto ni bajo…

—Mejor que se lo cuente a un amigo mío. —Pensé de pronto en recurrir a Harpo.

—Pero no tiene que enterarse nadie, por favor.

—Se lo prometo.

—Bueno, su novia no cuenta. Imagino que ella lo habrá oído todo.

Cuando se marchó, corrí el biombo que separaba el saloncito del dormitorio. Medio incorporada, en silencio, con el torso desnudo y los ojos como tazas de cerámica blanca, me aguardaba Luz.

Debíamos posponer la vuelta a Madrid programada para el día siguiente. Teníamos los billetes de avión para ese sábado por la tarde, pero a Harpo no había forma de localizarlo antes del lunes en los juzgados. El cambio obligado de planes me hizo feliz. Iba a estar más horas junto a Luz. No me dio la sensación de que ella acogiera la noticia con alborozo, a pesar de lo cariñosa que se había mostrado unas horas antes. Más bien percibí algo de resignación, hasta un poco de fastidio. La resaca empeoraba su visión de las cosas. La culpa era del mismo alcohol que habría influido en lo desinhibida que se mostró empujándome hasta mi cuarto.

—Así puedes conocer la ciudad —le sugerí.

Resopló.

—Me la sé de memoria. Pero ¡qué remedio!

Donde yo esperaba un beso que iniciara una reedición de la intensa sesión carnal que habíamos disfrutado tras la cena bañada en champán, ella tan solo me ofreció una panorámica del contoneo de sus hombros. Me dio la espalda y salió con sus cosas hechas un ovillo en la mano, dando un portazo que hizo temblar los cimientos del Majestic.

32

*M*e conocía Barcelona lo suficiente como para dejarme de visitas turísticas. Las hubiera hecho como cicerone de Luz, pero, una vez despreciado mi ofrecimiento, opté por cumplir con la hora de la comida familiar de cada sábado.

Antes me cité por la mañana con mi amigo Víctor. Me dio las señas de su nueva casa, en San Justo: «Aquí tengo ahora los nuevos negocios».

Cuando lo vi, confirmé la impresión que me había dado por teléfono. Era otro Víctor. Había mutado de nuevo. Esta vez, afortunadamente, la metamorfosis lo había ayudado a desprenderse de la piel de gusano infecto con la que lo había visto cubierto en nuestro último encuentro.

Vivía en una de aquellas masías que habían ido quedando engullidas por el crecimiento urbanístico de moles de cemento de once plantas, una de las que recordaba haber visto yendo con Gallar hacia el manicomio de San Baudilio, cuando nos encontramos con la única testigo del suceso que seguía siendo mi obsesión. Era una casa más bien modesta, aunque ocupaba el centro de una finca con una extensión generosa de jardín, casi un bosque abierto cercado por una hilera de setos. Dos cipreses apuntando al cielo custodiaban las dos columnas de la entrada y tras sus troncos quedaban camuflados algunos rodales que iba dejando la cal caída, desconchada.

—No necesito más. Vivo solo, pero nunca estoy solo. Por

aquí pasa mucha gente —me explicaba Víctor, ufano—. El truco está aquí, *amic*.

Abrió la puerta trasera de la cocina. Desde allí se accedía a lo que aparentaba ser un invernadero, aunque en vez de hileras de macetas o de cañas en las que se enredan las tomateras, había dispuestos decenas de caballetes con lienzos sobre los que se habían dejado a medio acabar pinturas al óleo.

—Hoy es el día libre de los artistas. En los trabajos decentes se cumple de lunes a viernes.

—¿Te dedicas ahora al arte?

—No exactamente.

Le pedí con un doble arqueo de cejas que fuera algo más específico.

—Digamos que yo me encargo de la parte administrativa. Vendo. Recibo encargos y vendo. La que entiende de estas cosas es Rita.

—¿Tu hermana?

—No, Rita la cantaora. *No et fot?*

Al reírse, sus dientes amarillentos y mellados, sujetos a duras penas a unas encías blanquecinas y menguantes, hablaban de su reciente pasado.

—Cuéntame eso de que Rita se ha hecho una experta en pintura.

—Cosa seria. En la universidad y todo. —Se le notaba el orgullo de sangre.

—¿Enseña aquí?

—No, ¡qué va! Aquí los que vienen ya vienen *aprendidos*. Fíjate. —Se acercó a un cuadro de tonos marinos, luminosos y mediterráneos—. ¿Entiendes de esto, Ramonet?

Me encogí de hombros.

—Parece un Sorolla —se me ocurrió decir.

—¡Premio para el caballero! —Sonó a Bobby Deglané en *Cabalgata Fin de Semana*—. Lo que cuenta es que parezca lo que los clientes quieren que parezca. Es gente que maneja muchos duros. Algunos son nuevos ricos que quieren aparentar porque de repente han empezado a alternar con la burguesía y quieren dar el pego, que las visitas crean que en sus paredes cuelga un Sorolla, un Miró… ¡Cuidado! No son falsificaciones. No me mires con esa cara de policía de la moral que se te pone, Santolaya, ¡joder!, que parece que estás agriado.

Debían ser obras de artistas consagrados, pero no excesivamente conocidas. No colaría que los señores de Gutiérrez, pujantes empresarios de la construcción, fueran los dueños de *Paseo a orillas del mar*, ni de ninguna otra pintura que estuviera bajo custodia y en exposición en el Prado. Y la vida de los pintores suele ser prolija en pequeñas obras no tan relevantes. Tanto es así que, muchos años después de su muerte, cada cierto tiempo, aparece un cuadro inédito firmado por el autor y refrendado por un experto perito. Ahí estaba el negocio.

—¿Has venido para muchos días? —me preguntó antes de despedirnos—. Esto ha parecido la visita del médico, *nen*.

—Si no fuera por un asunto que se está enredando…, tendría que haberme ido hoy mismo.

—¿Todavía obsesionado con la niña de Mac?

—Sigo una pista. —No podía contarle mucho más—. Por cierto, ¿a ti no te sonará por casualidad el nombre de Melquíades Marco?

Se quedó pensativo. Con gesto intrigado. Diría que le andaba rondando por la punta de la lengua lo que tuviera intención de decirme en el momento en el que sonó el campanilleo del timbre de la puerta.

—Ahora hablamos. Disculpa. Debe ser alguno de los pintores, que echará de menos a sus musas. A veces pasa —bromeó.

Encaró el largo pasillo, y el fulgor deslumbrante del sol que entraba por los laterales biselados de la puerta engulló su sombra.

Después oí los dos disparos secos descerrajados con silenciador. Sonaron como dos escupitajos del demonio proyectados con tal precisión milimétrica que fueron capaces de abrirle dos agujeros del calibre 9 en el entrecejo. Fueron los que se llevaron su alma.

El impacto de ver el cuerpo inerte de mi amigo boca arriba, con la mirada todavía abierta al pánico y con el pelo empapado en su propia sangre, no me bloqueó. La adrenalina de la rabia —y algo la del miedo— me empujó a sortearlo y salir corriendo en busca del autor.

Solo alcancé a ver un coche entre la nube del polvo del camino que iba levantando en su huida nerviosa, un modelo del deportivo hortera en auge entre el lumpen. Derrapó en las dos curvas que tenía que zigzaguear hasta perderse en el horizonte. Desapareció de mi vista antes de que dejara de oír el eco del rugido escandaloso de su escape trompeteando como si fuera a perder la fuerza, como hizo el helicóptero. Aunque este, en lugar de caer, iba cogiendo más fuerza, hasta que puso toda la tierra necesaria de por medio.

142

Juraría que en el asiento derecho viajaba un copiloto, tal vez el sicario, el pistolero. ¿O una pistolera?

No tenía ningún sentido, pero haciéndose sitio entre el profundo dolor, se me querían mostrar algunos fantasmas, como la posibilidad de que alguien quisiera cerrarle la boca a Víctor ante lo que tuviera que decirme sobre Melquíades Marco. Si era así, solo una persona sabía quién estaba con él y a qué había ido.

Y esa persona, Luz, no paraba por el hotel. «Salió a primera hora, señor. No ha vuelto todavía», fue lo único que pude arrancarle por teléfono al encargado de recepción.

Rompí a llorar como un niño, con el corazón encogido, desconsolado. Y, como hacen los niños, emperrado en una idea que el resto del mundo no va a comprender; ya nunca podríamos hablar de aquel beso que me robó arrebatadamente, en cuclillas, en el cine donde echaban una de Tarzán y otra de los Hermanos Marx.

33

Volví a la casa de San Justo solo una hora antes de que fueran a desplazar el féretro de Víctor hasta el cementerio de Montjuïc. Disponíamos de poco tiempo para despedirnos de mi amigo, cuyo cuerpo se había pasado el fin de semana en la morgue. Pero cuando la Policía no pone mucho interés en investigar las causas de un asesinato, en el Anatómico Forense escurren pronto el bulto. La culpa de mi retraso fue el modo en que se habían encadenado los acontecimientos aquella mañana.

Luz llevaba en ese momento casi cuarenta y ocho horas sin dar señales de su paradero. Puse al corriente a Noguerales. Una llamada suya abría muchas puertas. En aquel caso, de manera literal. El botones no mostró ninguna objeción a acompañarme hasta la habitación de la periodista y facilitarme el acceso. La revisé a conciencia. Nada. No encontré ningún indicio que me llamara la atención. Solo pude concluir que no había hecho su equipaje con intención de volver a Madrid ni a ningún otro sitio. Sus efectos personales de baño y cosmética estaban en el lavabo. En un caos considerable, pero allí seguían. Aparentemente estaban todas sus pertenencias y su vestuario, que cabría solo en el baúl de la Piquer o en un servicio de mudanzas.

Entre trámites, informes, llamadas y otras mandangas a las que me obligaba el protocolo, se me echó encima la mañana.

A punto de salir de mi habitación del Majestic camino del juzgado donde había quedado con la secretaria de *Garbo* y con Harpo, el dibujante, alguien deslizó un sobre por debajo de la puerta. Nada más hacerlo, oí cómo abandonaban la planta dos zapatones que ni la espesa alfombra del pasillo fue capaz de amortiguar. Deduje que el encargo se lo habían encomendado a un gorila. Más razón creí tener al comprobar su contenido. No era lo que se conoce como material sensible en manos de finos estilistas.

Una foto y un texto.

En la primera se veía a Luz, solo cubierta por su ropa íntima, atada a una silla y amordazada. Su mirada de rabia a la cámara parecía refrendar lo que se leía en el texto adjunto:

«Si quieres salvar a tu puta, ni una palabra a la pasma. Espera nuestras órdenes».

Metí los dos documentos en el bolsillo interior de la chaqueta y fui en busca de la otra pista que me faltaba: el dibujo que Harpo fuera capaz de hacer sobre el tal Melquíades según la descripción de la locuaz secretaria. Por palabras no nos íbamos a quedar cortos.

El funeral de Víctor fue una reedición de la tregua de Nochebuena entre alemanes y británicos en la Primera Guerra Mundial. Todos sabían que al día siguiente volverían a parapetarse en sus trincheras con la única intención en la vida de seguir disparando a muerte.

En aquel territorio con bandera blanca se juntó lo mejor de cada casa. Por parte de la Policía: la guarnición de los compañeros y contactos de su padre, el temido inspector Roig, quien habría majado a palos y repartido alguna que otra generosa hostia sobre el cutis de alguno de los allí presentes. Y en ese lado, el del hampa: amiguetes de los negocios y trapicheos de mi amigo en sus peores tiempos.

Como anfitriona neutral, oficiaba una elegante y adulta Rita, quien recibía a unos y otros sin la compañía de ningún consorte en quien consolar el propio dolor, que la tendría rota por dentro pero se tragaba junto a las lágrimas que escondían unas gafas, más que negras, opacas.

Me saludó con la mano informándome de que enseguida estaría conmigo.

Fui al baño en un par de ocasiones para refrescarle la memoria a mi retina sobre cómo era el hombre a buscar, por si estuviera allí, entre la concurrencia de los que habían acudido a rendirle la última despedida a Víctor. Guiado por los cuatro trazos a carboncillo de su retrato-robot, concluí que no era ninguno y a la vez me parecían todos con los que me cruzaba y que presentaran la planta propia de quien acaba de escaparse de una película de gánsteres en cinemascope.

La escena se me antojaba tan surrealista que me cuestioné si algo había perturbado mis cabales cuando vi una corona de flores «con las condolencias de tu padrino, M. Gallar», o cuando Rita me presentó a sus socios, el matrimonio Luján-Casamitjana, que no era otro que el formado por Ignacio, el lechero, y Úrsula, también con nombre y apellidos prestados para su nueva vida.

Aguanté el tipo como pude dentro de aquella nebulosa en la que, ya sin fuerzas ni oposición por mi parte, iba dejándome llevar, embriagado por una combinación envenenada. Se habían conjurado por mis adentros, en un solar arrasado que llevaba como alma en pena, la falta de sueño —que me azuzaba a preguntarme si todo aquello no sería propio de haber caído en una terrible pesadilla—, una sobredosis considerable de café —muy por encima de lo que mandan los estándares aconsejables, como para que el corazón te pida paso para salírsete por la boca— y las secuelas que iban dejando los optalidones que me tragaba como quien zampa gominolas, como Víctor en su día.

145

También me mantuvo en pie el halo de esperanza que dejó abierto Rita cuando, viendo que estaba a punto de perder la verticalidad, me sostuvo por las axilas, ayudada por Ignacio, y me puso a salvo de nuevos sobresaltos trasladándome a la oscuridad de una habitación donde dijo que me quedaba a buen recaudo. Para convencerme, señaló a un tipejo que, como mínimo, estaría doctorado en matonismo y que se plantó brazos-cruzados-aquí-no-pasa-ni-Dios en la puerta. Dándome un beso en la frente, Rita prometió explicármelo todo en cuanto volvieran del sepelio.

—Hablaremos tranquilamente los cuatro.

—¿Qué cuatro? —Si no me salían las palabras, como para que me salieran las cuentas.

—Nosotros dos y este matrimonio amigo, mis socios, a los que creo que conoces bien.

Noté su mano fría, su tacto helado, palpando por la fosa del codo hasta encontrar la vena en la que me inyectó no sé qué, un detalle que solo he podido evocar posteriormente, cuando he entrado en el largo túnel al que te conduce dulcemente la anestesia general.

Mi vida turbia se fue a negro.

Y en el negro de una noche ya cerrada abrí los ojos.

—Tendrás hambre —fueron las primeras palabras que pude oír.

La voz me resultaba familiar. Era Úrsula, se llamara ahora como se llamara.

No era un *déjà vu*. Lo que ocurre es que la historia se repite, y aquella no era la primera vez que volvía de un estado delirante de la mano del mismo ángel. Sería más apropiado decir que son las historias —en plural— las que se reeditan, una y otra vez.

Úrsula era ángel y demonio a la vez. Igual que cualquiera

de nosotros. A veces salvadora, y otras tantas viuda negra. No era ni el momento ni el lugar, ni estábamos en presencia de los testigos adecuados para que le pidiera explicaciones.

Más tarde supe de sus avatares en la vida, qué le hizo ser la Úrsula que yo conocí, de la que creía haberme enamorado como un tonto. La misma que me generaba esa pulsión de odio por su forma arrogante de tratarme y que, a la vez, era una droga y un veneno al que no quería renunciar. Y cuando quería, no podía.

147

34

Si piensa el ladrón que todo el mundo es de su condición, aplíquese la máxima al profesional del engaño y las fruslerías. Porque este, a cada oferta, busca dónde estará la doblez; en cada canto oye una sirena.

Úrsula ni tan siquiera se llamaba Úrsula. Había tomado de su madre ese nombre para sus guerras. Era un tributo a quien tuvo que darle cuidados y arroparla a escondidas después de que su padre la convenciera de que, si quería ayudar a su mamá y salvarle la vida, había que darla por muerta a ojos de los demás.

Úrsula aprendió que, por más rezos que le dedicara a su madre desde el borde de la cama, no se obraban los milagros así como así; que no era cuestión de denuedo ni de dar la vida; que tampoco se premiaba la fe; que la naturaleza, o Dios, siguen su curso, muchas veces de manera soberbia e ingrata.

«El dinero te abre las puertas. Incluso las del cielo. Pagando, san Pedro canta, nena», su padre recurría al refranero de manera habitual.

El dinero lo habría de sacar de debajo de las piedras si fuera preciso para permitirse los mejores médicos, que estaban en Barcelona, por todos era sabido. A los que habían consultado en Sabiñánigo, en Huesca, en Zaragoza… habían concluido lo mismo: «Le queda rezar. Dios proveerá, pero solo la mantiene en este mundo su juventud. Va mermando. Irá a peor».

Úrsula, cuando era muy niña y todavía no se llamaba así, aprendió lo que significa que alguien esté desahuciado y sin esperanzas. Eran las pocas que tenía su madre para seguir viviendo. Ese era el diagnóstico que daban por sentado y repetían como una letanía, unos y otros. Aquel era el corto futuro que le auguraban a su mamá cuando llegaron los tres a Barcelona buscando un alivio para sus dolores y una alternativa a la resignación a la que estaban abocados, que no era otra que la de ver cómo la mujer se iba a consumir poco a poco, hasta el final de sus días.

Los recursos con los que contaba Felipe Sabater para sacar adelante aquella empresa descansaban sobre su buena planta y su mejor labia. Manejaba con solvencia una vasta cultura general; la propia de un maestro de escuela. Y había llegado la hora de darle un rédito que no se limitara a las hambres que pasaban los de su gremio en este país.

150   Llegaron con lo puesto. Tampoco tenían más. Ni en abalorios, ni en una idea preconcebida de cómo se iba a dar aquello. Tras años de dejarlo todo en manos del altísimo, Felipe Sabater desembarcó en una ciudad a la que llegaba dispuesto a cambiar de patrocinador. Se puso en manos del destino, el cual le hizo el primer guiño nada más apearse del coche de línea en Arco de Triunfo. Más que guiño, fue una sonrisa con un arqueo por encima del ángulo que manda la cortesía.

Felipe, poco a poco, fue captando aquellas miradas de coquetería, cuando no de deseo. Y estas le fueron mostrando el camino. Un corte a navaja y un traje decente de buena lana hicieron el resto. Empezó a dejarse ver por el Ateneu y por el café de la Ópera para que las telas se le impregnaran de cierto prurito intelectual, y por si por aquellas mesas se dejaba ver, antes o después de una sesión en el Liceu, la que pudiera convertirse en la soltera con posibles que se encariñase de aquel galán. Felipe decía ser un escritor en ciernes, un romántico en el sentido más desesperanzado y hondo, con el alma rota a zarpazos porque los avatares de la vida lo habían dejado viudo tan joven y con una cándida criatura a su cargo.

—Entonces, ¿mamá ha muerto?

—No, cielo, ni se va a morir.

La promesa que Felipe le hizo a su hija se cumplió durante dos años, el tiempo en el que Inés Dalmau, rica heredera de ideas independientes y algo casquivana, los acogió en su ático de Sarrià. El tiempo en el que Felipe fue su mantenido, mientras la pequeña Úrsula, escolarizada en las monjas del Sagrado Corazón, cada tarde al salir de clase acudía a las carmelitas para ayudar de manera voluntaria a una joven mujer que esperaba la muerte y a la que Felipe había prometido al oído unos meses antes que pronto conseguiría hacerse con el dinero suficiente para el mejor de los tratamientos. A cambio, el sacrificio que debía hacer ella era renunciar a su identidad y a su familia.

San Pedro no cantó. El fatal desenlace no se pudo evitar. Ni todo el dinero del mundo hubiera podido curar a Úrsula de una enfermedad todavía desconocida en aquel entonces, la que le impedía absorber los alimentos hasta que el desgaste y la debilidad generaba los definitivos fallos multiorgánicos o daba vía libre a que otros males ya prácticamente erradicados, como el temido tifus, se la llevaran a la tumba.

No volvieron a Yebra de Basa. Rabioso contra el mundo, Felipe Sabater no renunció a la forma holgada de ganarse la vida después de tantos años de miserias.

A Inés Dalmau la sucedieron en el trono otras tres o cuatro incautas, a las que, una vez sableadas convenientemente, él sustituía con pasmosa facilidad.

Con el tiempo, y con el fin de no ser estigmatizado en la Barcelona de bien —que no dejaba de ser una aldea—, Felipe Sabater perfeccionó la técnica de pillaje. La sofisticación necesitaba de la complicidad de una joven seductora, que lejos de la mayoría de edad —que para la mujer se situaba en aquel mo-

151

mento en el umbral de los 25 años— pudiera poner en jaque a un hombre casado y a cuya honra se le pudiera poner precio. Cuanto más alto, mejor.

Aunque de aquella modalidad surgieron otras ramificaciones, que iban desde la venta de seguros inexistentes hasta la fundación de las primeras empresas de paja con estructura piramidal, el golpe marca de la casa siguió siendo el motor matriz de la máquina de hacer dinero.

Hasta que llegó la noche en la que padre e hija pincharon en hueso. La Policía estaba al acecho y a punto de echarle el guante. Capitaneaban aquel operativo los agentes del orden que entrañaban más peligro, los de la moral. Un ladrón de tres al cuarto podía salir más fácilmente exonerado que alguien a quien se le hubiera marcado con el sambenito de ser un elemento subversivo, que se sospechara que manejaba siniestras intenciones de conspirar contra el régimen.

A Felipe Sabater le había podido su rebeldía y en un acto de concubinato con una de sus primas se había ido de la lengua. Aquella vez no precisamente entre las piernas de la interfecta, la cual, doblemente herida en su orgullo, puso en conocimiento de la Brigada Político-Social las andanzas de «un chulo comunista». Así figura, de manera textual, en los archivos que pude consultar años después. Se referían al padre de Úrsula como un proxeneta, estafador de la más perversa ralea, que se servía de una pobre chiquilla, inocente, que utilizaba como anzuelo para sus fines espurios e inmorales. Su pecaminoso comunismo no se argumentaba de ninguna otra forma. En todo caso, se le atribuía la posibilidad de haber sido uno de los redactores de algún manifiesto universitario, pero al respecto no figuraba prueba alguna, tan solo conjeturas expuestas como catecismo.

Como cebo para que Úrsula hija cayera con todo el equipo, actuó un joven agente. Aquel fue uno de los primeros servicios de Ignacio San Agustín, recién incorporado al cuerpo nada más llegar de su viaje de novios. Un matrimonio de pega, de los que

152

montaba la unidad para destinar a sus agentes a enclaves estratégicos de observación, ya fuera una portería, un faro, la casa del jefe de estación o una vaquería en los bajos de una casa de Sarrià.

Ignacio primero se enamoró de Úrsula y más tarde la reclutó con el fin de tenerla cerca. En la negociación, ella consiguió que hicieran la vista gorda con su padre. Le dieron aire para que obrara en consecuencia. Felipe Sabater optó por dejar atrás aquella vida. También a su hija. Huyó a pie por los caminos del estraperlo del Pirineo aragonés. Nadie los conocía mejor que él.

153

35

*C*uando vi el caldo humeante y las *llescas* de pan con embutidos, caí en la cuenta de que se me había olvidado ingerir algo sólido durante tres días. Úrsula, Ignacio y Rita observaron en silencio el espectáculo de un salvaje al que plantaran en un banquete tras un largo periodo de racionamiento.

Tras el segundo plato, me levanté para alcanzar mi chaqueta.

—Tengo algo que enseñaros.

—Si vas a buscar esto… —me detuvo Úrsula mientras Ignacio ponía sobre la mesa la foto de la periodista Luz Senillosa medio desnuda y maniatada junto al anónimo y el retrato robot de Melquíades Marco—. No podíamos esperar tanto. Llevas durmiendo un día entero.

—Eso es parte del numerito, Ramón, ¡por dios! ¿No te das cuenta? —intervino Rita—. Ni la han secuestrado ni nada de nada. Ha sido un montaje.

—Vamos a poner orden, alma cándida. ¿Cómo apareció Luz? —Úrsula llevaba la voz cantante.

—Me habló de ella una secretaria con la que tuve un flirteo. No recuerdo ni cómo se llama. La conocemos como la Toledana. Es la secretaria de Personal.

—Vaya coincidencia, ¿no? No estamos hablando de la becaria de las fotocopias, sino de la persona más cercana al tipo que pincha y corta en despidos y contrataciones. ¿Y a quién contrata? Si su queridísima secretaria no le pone delante el expediente de Fulanita, no la mete en nómina, ¿no es así? Por no pensar que el propio director de Personal no esté metido en el ajo.

—Tiene lógica —acaté.

—Sabemos de sobra quién es esa mujer. La deberían haber detectado los tuyos antes, Ramón.

—¿Los míos?

—Sí, los hombres de Noguerales.

A juzgar por lo que oí de boca de Rita y sus socios, Luz había sido mi segunda araña pérfida y mortal. Llegó con un guion escrupulosamente estudiado, con la intención de asestarme el picotazo letal.

Pasó por mi mente la película en la que, como consecuencia de una rocambolesca pirueta del destino, había llegado de nuevo a mis manos la carpeta perdida. Mi parte más ingenua se preguntaba para qué se iban a meter en la boca del lobo los implicados en los asesinatos de aquellas chicas, a lo que mi lado más suspicaz le respondió inmediatamente que era la única manera de saber qué había averiguado yo y de hacerme callar.

Úrsula e Ignacio estaban al cabo de la calle de las luchas intestinas en las cloacas del Estado. En Noguerales recaía gran parte de la responsabilidad de hacer *tabula rasa* en los servicios de inteligencia. Después de cambiarle el nombre a la OCN, había recibido la encomienda de quitarse de en medio a la costra de la vieja guardia, al sector más duro que muchos consideraban el germen de los Guerrilleros de Cristo Rey, los fundamentalistas que se creían tocados por los designios divinos y que, en virtud de esa prerrogativa, se permitían hacer y deshacer a su antojo sin ser fiscalizados por nada ni nadie, con unas maneras que casaban poco y mal con la ortodoxia. Para henchir aún más su patente de corso, se sentían respaldados por la convicción católica, apostólica y romana que no dejaba ocasión sin elevar a los altares al mismísimo Caudillo, por Dios y por la patria.

—¿Y vosotros para quién trabajáis? —quise saber.

Se miraron los tres. Por fin se arrancó Ignacio.

—Ni para unos ni para otros. Seguimos vinculados a Mac.

—¡Para los americanos! —Se me atragantó el último bocado del pan de *pagès* con tomate.

—Técnicamente, no —salió al paso Rita.

—No, no recibimos ningún pago del Gobierno estadounidense —precisó Ignacio—. McNamara supo que habíamos cruzado el charco y nos permitió la entrada en su país desde México. Hacemos negocios. Facturamos nuestros servicios a las empresas con las que él nos pone en contacto. Nos piden pinturas, cuadros y otras reproducciones. Ahora habíamos empezado a abrirnos mercado también aquí, como creo que te contó Víctor.

«Técnicamente, no.» Esa precisión significaba que «realmente, sí». Nadie va diciendo por ahí que es espía. Ni a su superior siquiera. Uno no es espía ante nadie. Te pueden considerar como tal, pero nunca recibirás un ingreso en el banco con el concepto «servicios de espionaje».

Entre Úrsula y yo había otra conversación, en otro plano, callada.

Aunque la de su padre hubiera sido una muerte accidental, seguía sintiéndome culpable. Ella lo percibía, como si pudiera vampirizar mis pensamientos.

Había surgido un nuevo infierno capaz de abrasarme: la muerte de mi amigo. Aunque materialmente se le pudiera imputar a un pistolero a sueldo y sin escrúpulos, un simple gesto de desdén de Úrsula era suficiente para que todo el peso de la culpa cayera sobre mí. No soportaba aquella mirada. Y ella insistía en su castigo, sabiendo que seguía atrapado en su pegajosa tela.

—¿A Víctor lo mataron por un ajuste de cuentas? —me atreví a preguntar esperanzado de que la respuesta me exonerara.

—Víctor tenía muchos enemigos. —Rita lo sabía a ciencia cierta—. Pero había saldado ya todas sus deudas con quienes lo amenazaron en su momento.

—Entonces…

157

—Entonces, cobra fuerza que se lo cargara quien quisiera encubrir a ese que estás buscando y al que él conocía perfectamente. —Úrsula señaló el retrato robot de Melquíades Marco.

—Quien haya dibujado su careto es un artista —sentenció Rita—. Deberíamos ficharlo.

La hermana de Víctor había mantenido una relación con Tino Saavedra. Era aquel novio con quien debía estar retozando cuando acudí a su casa de improviso, el chico con quien entró en el cine la última vez que nos habíamos visto antes de que el destino nos citara para el funeral de su hermano. Un Saavedra de toda la vida, de los que, comandados por su padre, se estaban haciendo con el negocio de los garitos, *boites*, discotecas y bares nocturnos. El ocio de Barcelona estaba en sus manos. El control de un oligopolio como ese no se consigue siempre de manera fácil, ni aplicando los métodos pulcros que se enseñan en las escuelas de negocio. Ese Saavedra fue el que puso a Víctor al frente de aquellos billares que servían de tapadera para sus trapicheos, para que se fuera fogueando en tratos con gente de mal perder y peor vivir. Y, como una cosa parece que lleva a la otra en ese turbio mundo, el hambre empresarial de los Saavedra no renunció a dos golosas partes del pastel que inflaran los resultados: el de las drogas y la prostitución.

—El tal Melquíades Marco era un primo. Primo hermano, quiero decir. Melquíades es un nombre de guerra, un alias —explicó Rita—. Saavedra de segundo apellido. Se lo trajeron de Extremadura. El correveidile a veces; el brazo ejecutor otras.

—¿Y qué tiene que ver Saavedra con la OCN, el Seced, los Guerrilleros de Cristo Rey o con el sursuncorda? —pregunté.

—Saavedra tiene algunos socios estratégicos que mantienen lazos estrechos con el Régimen. Directamente con El Pardo —anunció enigmáticamente Ignacio.

—Tu queridísimo conde de Llanos, niño. Que podía haber sido tu suegro. Ese hijo de puta —desveló Úrsula dándome la estocada final. Y la puntilla.

36

Madrid, 1974

Tras mi vuelta a la capital pasé unos días de crisis profunda en la que me cuestioné absolutamente todo, empezando por mi estilo de vida. Tanto la manera que tenía de seguir en pie en aquel mundo como la de ganarme las habichuelas. Me sentía prisionero y me subía por las paredes de la pensión de Atocha esperando una encomienda.

Noguerales, que no poseía ninguna cátedra en diplomacia, tuvo la virtud de acojonarme vivo.

—¿Y quién nos dice que no podrían haber ido a por ti en lugar de a por tu amigo, que en gloria esté? No te podemos exponer tanto, Santolaya.

Eran las palabras idóneas para que yo viera aquella habitación sombría algo más lúgubre, si cupiera. Aun así, no quería seguir en la reserva ni un segundo más, y cualquier cosa que me propusieran para continuar esculpiendo la hoja de servicios sería bienvenida. Se tratase de lo que se tratase.

—No puedes volver a Prado del Rey.

—¿Saben lo que ha pasado?

—Rumores, Ramón. Habla uno, cuenta el otro, el de allá dice que ha oído no sé qué… Ya me entiendes. Rumores, *diretes.*

Lo que entendía es que la versión que estuviera circulando

por corrillos y mentideros superaría en mucho a la real, para peor. Sobre todo, pensando en mi honorabilidad.

Como consecuencia, me mantenían tan oculto y protegido que no me quedaba ni tan siquiera la oportunidad de oxigenarme dando clases en la Escuela Oficial.

Trasnochaba con la radio bajo la almohada hasta las tantas, perplejo de que la SER se hubiera sacado de la manga un informativo camuflado cuando la información todavía estaba en manos de la censura y de la oficialidad: el parte de Radio Nacional. Me dormía entre las voces de Manuel Martín Ferrand, de José María García, de Joaquim Maria Puyal. Me pasaba las mañanas curioseando por el dial madrileño, que me era ajeno, y por la tarde me esmeraba en escribir una pretendida historia enciclopédica sobre la radiodifusión en España. Como no podía acudir a los archivos para cotejar datos, me conformaba con ordenar sistemáticamente las retransmisiones vinculadas a mis recuerdos. Muchas personas tienen su magdalena de Proust en un aroma, un sabor, un tacto; la mía fue y es la radio.

Aquello quedó en nada. Fue un proyecto frustrado. Dejé los apuntes por el camino, en la pensión que abandoné de forma precipitada tras mi reencuentro con mi viejo amigo americano. Steve McNamara iba a cambiarme otra vez la vida.

Mi última cena en Atocha se limitó a una coliflor rehogada porque antes de que pudiera atacar el segundo plato oí sonar el timbre del teléfono al final del pasillo. «Es para usted, Ramón», me avisó la dueña. Le bastó que preguntara por mí una voz femenina para acompañar el recado con un guiño exagerado, a riesgo de que un aire le dejara una mueca horrible de por vida.

—¿Profesor Santolaya? —Reconocí enseguida la voz de Rita, algo afectada, teatral.

—Sí, soy yo.

—Verá, perdone que le moleste. Estoy haciendo un trabajo

sobre Cary Grant. Me preguntaba si podría verlo para hacerle algunas preguntas.

—No entiendo, señorita. ¿Qué tiene que ver eso conmigo?

—He encontrado unas grabaciones que hizo el actor para la BBC. Trabajó allí. Estoy segura de que usted podría ayudarme a traducirlas.

Así fue como hizo de celestina en mi reencuentro con McNamara, que tuvo lugar al día siguiente, en la cafetería del hotel Liabeny, en la plaza del Carmen.

Me intrigaba saber cómo lo habría tratado la vida desde que tuvo que salir de España por la puerta trasera. Siempre supuse que le habrían asignado un cometido diferente, envuelto en un trampantojo similar al de «alto representante del comercio americano». No escaseaban los destinos desde los que vigilar los intereses de su país en aquel mundo convulso de guerra fría y actividad diplomática ardiente.

Fue puntual. Llegó con una revista en la mano. Al verlo entrar, me levanté. Entre mi torpeza para el protocolo y que no sabía cómo manejar el grado de discreción que debía tener el encuentro, no fui capaz de darle el abrazo que el cuerpo me pedía. El saludo se quedó en un apretón de manos. Nos miramos a los ojos. No hizo falta más.

—¿Tantas prevenciones y tanto mensaje en clave para acabar viéndonos a plena luz del día, sentados a una mesa que da a un escaparate del centro de Madrid?

—Cuando no quieras que te encuentren, no te escondas.

Estaba igual, como lo guardaba mi memoria. Incluso presentaba mejor aspecto. Más jovial y más en forma que años atrás. Diría que hasta su salud capilar había ido a mejor. Supuse que el hombre blanco americano habría inventado algo para recuperar las cabelleras que los siux les rapaban en los wésterns.

Después del trajín y los años, si no había cambiado en nada sería porque había cambiado en algo fundamental: el whisky por el Bitter Kas. Fue lo que pidió para los dos.

Le dejé hablar. Quería que marcara la pauta, ver qué papel interpretaba para la ocasión, si el guion del día seguía siendo el de la película que se había montado Rita por teléfono sobre las grabaciones de Cary Grant o si hoy tocaba otro vodevil. Enseguida deduje que era lo segundo.

—Aquí estamos seguros. —Hizo un par de señales, mínimas, utilizando los ojos como índices. Una, hacia el camarero que nos acababa de tomar la comanda. Otra, hacia la chica que secaba copas en la barra—. Son discretos. Son amigos.

No se anduvo por las ramas. Me mostró el ejemplar de la revista *Triunfo* y la abrió por un punto señalado con la esquina de la página ligeramente mordida.

—Ahí lo tienes.

Era un reportaje de Ecos de Sociedad sobre la boda de la hija del conde de Llanos. Julia se había casado. Si eso era sorprendente, más lo era saber con quién había contraído nupcias. Me sacudió un terremoto interno inesperado. No sabía que Julia me importaba tanto como me estaban diciendo mis entrañas, que hablaban el lenguaje de los celos y la rabia.

Se había casado la hija del conde que cameló al arribista e insensato de mi abuelo hasta quedarse con nuestras tierras. El mismo que manejaba negocios movidos por los intereses de la trata de niñas a quienes no tenía escrúpulos en convertirlas en putas que le rentaran en su cuenta de resultados.

Leí atentamente aquellas páginas que detallaban cómo la boda de Julia Bolaños había reunido al todo Madrid. No escatimaban estamentos, desde sus más ilustrísimas hasta los muy excelentísimos; desde purpurados hasta enmedallados; señoronas y marquesitas; ducados e infantes; altas cunas y afilados sables.

—¿Crees que el despliegue se debe a que el papi de Isabelita es quien es?

Le costó armar esa pregunta a McNamara. Intentó hacerlo con la paupérrima sintaxis y la macarrónica fonética con la que el agregado comercial se había estado expresando hasta el momento. En su castellano sí noté variación. Deterioro. Venía falto de práctica, por lo que el resto de la charla, incluida la pregunta de marras, fue en inglés para que no me resultara jeroglífica. No era una mala alternativa si pretendíamos que se dieran las menos fugas posibles entre chafarderos que merodearan por el hotel.

—Fíjate en esto. —Cercó con el dedo un párrafo de especial interés.

El cardenal arzobispo de Madrid presidió la ceremonia en la que se desposaron la bella primogénita del conde de Llanos, doña Julia de Bolaños y Graham, y don Damián de Gorostegui y Arbeloa, militar de carrera, quien desde hace dos años desempeña una labor de gran valor en la gobernación e intendencia del palacio de El Pardo y se ha convertido en el auténtico visir de la Guardia Real que custodia la morada del jefe del Estado. Gorostegui, quien además de militar fuera futbolista en su tiempo, es el hombre de la confianza diaria de su excelencia el Generalísimo, así como de su esposa, doña Carmen Polo de Franco.

163

—No hay alfombra que se levante en El Pardo o bombilla que se cambie sin su consentimiento —subrayó McNamara sobre el marido de Julia, por si no me hubiera quedado claro.

—Pero…

Temí que no articularía ninguna palabra más en lo que me restara de vida, si es que el corazón no decidía en aquel instante bajarse en marcha. La sangre me bombeaba con saña la cabeza. Nunca sería capaz de reponerme del impacto. Sentí estar al filo de un precipicio desde el que oteaba una recaída fatal en mi nula capacidad para expresarme oralmente. A la vez, se apoderaba de mí un escalofrío agorero de lo que se me venía encima.

Así que aquel tal Damián saqueador de novias, que no tenía rubor alguno para dedicarle canciones de amor a través de Radio Castilla a Julia Bolaños, no era, como yo había querido imaginar, un imberbe gañán famélico por culpa de las hambres que pasa en Madrid un estudiante de Letras llegado de provincias, sino que se trataba de un hombretón rondando la cincuentena, con tantos tiros dados como para haber hecho alguna incursión por África, y que con aquellos bigotes retorcidos por la experiencia y aquella planta de soberbio y estirado —como dejaba patente en los posados de aquellas fotos—, podría hablarle de tú a tú a quien, desde el día de la crónica, ya era su suegro. Y hasta al Generalísimo.

También es cierto que semejante noticia abría la puerta de la esperanza a que Julia no hubiera podido explicarme toda la verdad y que aquel noviazgo que desembocó en la boda del año no fuera más que la consecuencia de un matrimonio apañado al que se vio forzada la chiquilla. Que también es ver gateras en puertas macizas, lo sé; menuda esperanza más egoísta por mi parte. Pero tenía derecho a encontrar lucecitas para orientarme por aquel oscuro túnel en el que la vida se había empeñado en meterme.

—¿Recuerdas cuando Gallar te decía que yo era tu jefe, pero que trabajabas para él? —Mac me sacó de mi abstracción con ese croché de derecha, directo al mentón.

—¿Cómo sabes eso?

—Hago bien mi trabajo.

—¿A qué viene lo de Gallar?

—Te voy a pedir lo mismo. Gorostegui pensará que eres uno de los suyos, pero ya sabes para quién vas a estar trabajando.

Para quién, me estaba quedando claro. El dónde era fácilmente deducible.

—Cuando yo salga por esa puerta, subes a la segunda planta. En el cuarto del servicio hay una persona esperándote para darte ropa nueva y equipaje. Te trasladas a Palacio.

—¡Al Pardo! ¿Al Pardo?

—Suena igual en español. Si fueras capaz de decirlo una tercera vez y algo más fuerte, así se podrían enterar también en Torres Bermejas. ¡Cómo gritáis los españoles! ¡Dios mío! Se os distingue por eso. Casi os define más que el otro mal nacional, el enchufe. Y este es el motivo por el que estoy aquí, para asignarte un trabajo que puede ser vital para la causa. Porque ya disponemos del enchufe. ¡Por fin! En El Pardo hay una persona que te puede colocar allí hoy mismo. Necesitan un civil. En administración.

—¿Qué significa eso?

—Me has entendido de maravilla. De chico para todo, para un roto y un descosido, que decís vosotros.

—¿Con qué referencias?

—No me seas ingenuo, Santolaya. No querrás que un yanqui como yo te explique lo que significa un enchufe, *mi amigo*.

—¿Voy a trabajar a las órdenes del tal Gorostegui?

—Menos Franco y su esposa, todo el mundo en El Pardo está a sus órdenes.

—Pero si ella me ve…

—¿Ella?

—Julia.

—La casa de los militares y sus familias están en el mismo complejo, pero algo más retirado —me instruía mientras dibujaba un plano que después arrugó y se metió elegantemente en el bolsillo—. El personal no autorizado no pasa de esta zona. Evita acercarte por allí. Además, *ningú va dir que fos fàcil.* —Esto último, no sé por qué, lo pronunció en catalán. Quizás para apelar a viejas complicidades.

—¿Cuál es mi cometido?

—Nada en especial. Lo de siempre. Ver, oír, tomar nota de todo aquí —se señaló la sien—, callar cuando sea necesario y obedecer con eficiencia cuando recibas nuestras noticias.

—¿Por qué tanta prisa?

—Hoy sabemos que es posible. Después, no tenemos tan claro que nuestro hombre pueda sernos útil durante mucho tiempo más.

165

—¿Qué pasa con Noguerales?

—Sufres demasiado por los demás, Santolaya. Eso no es bueno para tu salud.

—Me gustaría saber, al menos, si Noguerales ya no pinta nada, si he cambiado de bando sin darme cuenta siquiera.

—Tranquilo, *mi amigo*. Digamos que, si estamos jugando al ajedrez, Noguerales lleva las blancas, igual que nosotros.

—Pero…

—¿Otro pero? Confiaba en que te hubieras dado cuenta de que Noguerales no es el rey; es simplemente un peón. —Se puso las manos en las rodillas para levantarse y dar por concluida la reunión—. Pregunta en la garita de entrada por Palomo Alcaraz. Te espera a las siete. Coge un taxi hasta Moncloa para no perder ni un minuto. De allí, el autobús hasta El Pardo. Pero, en fin, que tampoco soy tu padre. Ya te buscarás la vida, Ramonet.

Por la cuenta que me traía.

37

$\mathcal{L}$a historia está repleta de conjuras y traiciones protagonizadas por los cortesanos que en apariencia eran los más dóciles; de conspiraciones palaciegas que acaban con reinados a fuerza de alianzas de sangre solo posibles al amparo de una ambición común.

Era absurdo preguntarse por qué había sido el elegido. Les había venido de perlas. Ni caído del cielo. No podría encontrarse sobre la faz de la tierra a ninguna otra persona que atesorara ni la mitad de los motivos para empeñarse en derrocar a aquel rey sin corona que teníamos en España. Con el acicate de que, además, eso supusiera llevarme por delante la dignidad injustamente granjeada por el conde de Llanos. Darle en la medular a Bolaños significaba hacerlo también en la persona interpuesta de su yerno, al que sí le tenía ganas.

Eso no quitaba para que hubiera días en los que flaqueaba mi determinación. Especialmente cuando afloraban algunos sentimientos dormidos en la adolescencia, y entre estos, los que seguía teniendo hacia Julia; me di cuenta de que, a pesar de la indolencia aparente con que asumí que me dejara, aún eran fuertes y nobles. Así que no podía pasar por alto que ella padecería, como víctima colateral, las consecuencias que iba a tener el plan si este salía según empezaba a trazarse.

Cada vez que la recordaba, una mirada melancólica se me perdía hacia el jardín a espaldas de Palacio. Tras él, se intuía la fortificación militar del Regimiento de la Guardia de su excelencia, donde la suponía viviendo.

Mi temor era que me descubriera, pero deseaba que fuera así si eso me permitía volver a verla. Fantaseaba con la idea de que estaba allí para salvarla de la tiranía del indeseable de su marido. Y eso que aún no tenía ni la más mínima idea sobre lo corto que me quedaba al adjetivarlo así.

A su esposo no lo vi hasta que no llevaba instalado al menos una semana. Me habían advertido de su forma de dirigirse a los novatos, ya fueran de mucho o poco rango, civiles o militares, y fue la misma que reprodujo ante mí, palabra por palabra:

—¿Ve usted lo bien que voy peinado y afeitado? ¿Ve usted cómo llevo planchada la camisa? ¿Ve cómo brillan mis zapatos? Pues así es como le gusta al Caudillo. Aplíquese el cuento.

El personal que trabajaba de una manera directa o indirecta en el complejo de cuarteles, palacete y demás guarniciones estaba compuesto por una gran parte del censo de Mingorrubio y de El Pardo. Entre ellos corría la leyenda de que Gorostegui se paseaba por todas las dependencias con una fusta y un perrillo, y que, como viera algo torcido, inconveniente o fuera de sitio, te soltaba un zurriagazo. Eso nunca lo vi. Con el tiempo es una imagen caricaturesca que se le ha atribuido al mismísimo Caudillo, extremo este que tampoco podría confirmar puesto que a él y a su prole más próxima no llegué a verlos hasta que no pasó lo que pasó, y el contexto no invitaba precisamente a esa excentricidad.

Para entonces ya había medrado lo suficiente como para ser la tercera persona autorizada, además de las únicas dos camareras, a acceder a la zona más protegida, donde estaban situadas las cuatro habitaciones familiares.

Hasta esa fecha solo había creído ver su sombra adelantarse a algún giro precedido por la advertencia del taconeo de guardias y ujieres parados ante las puertas entre estancias.

Toda esa planta estaba recorrida por un pasillo que, al igual que los salones a los que daba, vestía unas paredes abigarradas de cuadros, tapices y relojes, además de los muebles de Fernando VII sobre los que no podían reposar más jarrones y candelabros por centímetro cuadrado.

A quien no volví a ver más por el recinto fue al tal Palomo Alcaraz, mi contacto; el hombre de los hombres de Mac allí dentro. Ni recuerdo cómo era físicamente. Fue un encuentro breve, precipitado. Más adelante pregunté en alguna ocasión por él, como el que no quiere la cosa y siempre a alguna persona de mi más absoluta confianza. Nadie supo darme noticia de quién fue, qué hizo ni cuánto tiempo trabajó en El Pardo. Todo un misterio. Como si se tratase de un fantasma.

Tuve la sensación de que mi entrada se debió a la necesidad apremiante de darle el relevo porque, como me dejó medio dicho y medio insinuado el americano, Alcaraz estaba en riesgo de ser desenmascarado, lo cual no me tranquilizaba lo más mínimo. Él mismo me lo notaría, igual que los perros nos huelen el miedo. Mientras me condujo hasta las dependencias donde me iba a alojar en mi condición de interno y me ponía al corriente de cuál sería mi cometido dentro y cuáles las obligaciones que se esperaban de mí desde el exterior, en un momento determinado se detuvo, me puso la mano en el hombro y, aguardando a que le sostuviera la mirada, me soltó con solemnidad:

—Tranquilo. Calma, muchacho. Este viejo que tienes delante ha hecho las cosas como dios manda y nadie te va a relacionar conmigo, pase lo que pase. Te lo juro. Por estas. —Se cruzó el índice por delante del pulgar y después de comprobar que nadie lo veía ni a derecha ni a izquierda, se lo besó con ímpetu.

En cuanto a lo que me tocaba hacer en el día a día, dentro de mis cometidos asignados, la lista era larga y variada. Durante la primera semana ya había limpiado unas caballerizas donde nunca vi a ninguna bestia y ayudado a meter en las despensas los sacos de arroz, azúcar y café que trajo una vagoneta militar desde los almacenes del Ejército.

Una tarde, después de una jornada mareante por el fuerte viento, me mandaron echarle un ojo al campo de golf, «No vaya a ser que haya caído alguna rama, por si su excelencia, ahora que ha amainado, quiere echar unos hoyos después de la merienda». Así me enteré de que Patrimonio Nacional, donde Gorostegui mandaba más si cabe, había habilitado un terreno cercano, a unos trescientos metros de su residencia, más allá del puente que salvaba el Manzanares, en un entorno plagado de fresnos, sauces y chopos que, igual que el resto del parque, favorecían el camuflaje natural y la discreción.

Aunque lo mejor con diferencia, e incomparable con cualquier otro hallazgo o encargo, lo experimenté la tarde en la que descubrí que allí había un cine. Un teatro, en realidad. De los tiempos de Carlos III. En su honor seguía llevando su nombre. Con su palco y todo, con una docena de sillas de madera labrada que imaginé que habrían sobrevivido al paso del tiempo como testimonio histórico de lo que fue, aunque debía ser asiento ese demasiado duro e incómodo para las posaderas de Franco y los suyos. Tanto como para cualquier hijo de vecino de este siglo. «De cuando aquí se representaban funciones con merienda incluida», me sopló entre suspiros el guardés que nos abría el teatro, como si hubiera llegado a vivir aquel tiempo y lo añorara. A lo mejor se trataba de otro fantasma de los que vagaban por allí. Sin embargo, en esta ocasión tengo como testigo al técnico de los proyectores profesionales de la marca Marino Vincitor que había sido llamado para realizar una inspección al margen del mantenimiento rutinario. En la última sesión, a una de las bobinas de estreno se le habían achicharrado unos cuantos fotogramas dejando la pantalla en un blanco que se fue extendiendo hasta un amarillento nicotinoso. El desastre ocurrió justo en lo mejor de la película, para enojo del Generalísimo y de su nietísima, con rabieta vehemente, pataleo incluido, por parte de esta. Así lo contaban las crónicas de radio macuto que se emitían por lo bajini.

Todas estas confidencias eran las que debía llevarle a mi oyente. Lis tomaba nota tumbada en la cama y, si era menester, me daba nuevas pautas para la semana, que iba de jueves a jueves, que era cuando nos veíamos, sin falta, en un club de alterne de la carretera de La Coruña. Hasta allí me acercaba con la antigua Mobylette que me había dejado como herencia en las cocheras el mentor a quien se había tragado la tierra. Una prueba más de que Palomo Alcaraz había existido; un maestro del que extraer la lección de que en aquel oficio mío había que estar sin llegar a ser.

No sería insensato barajar también la hipótesis de que a Alcaraz lo hubieran *desaparecido*, sabiendo del fondo de armario que usaba el Régimen en materia de purgas y escarmientos, entre los que no habría que descartar el matarile. Tranquilizo al lector si le informo de que, años más tarde, coincidí con él. Lo vi en pleno gozo de sus facultades, disfrutando de un retiro dorado una vez hubo abandonado los trastos de espiar.

De Lis también he sabido después. Me incitó a entrar en una sala de cine de la parte alta del paseo de Fabra i Puig, en Barcelona. Lo que me decidió a comprar la entrada fue un mosaico con unas fotos suyas, muy explícitas, en las que se desparramaba toda su espléndida generosidad carnal, la que fue palpada por estas manos en las citas de los jueves, cuando, una vez finalizada la parte puramente administrativa, me convencía de que debía dar verosimilitud a mis escapadas. «Te lo hago gratis, niño.» Un «niño» que me recordaba la voz y el deje de Úrsula. Sin embargo, algo se me había modificado por dentro. Cerraba los ojos y era con Julia con quien me proyectaba ahora, con quien fantaseaba haciendo todo aquello que me dejaba hacer la Dulce Lis Andersen. Había adoptado ese nombre artístico. Así figuraba en el cartel

171

anunciador de uno de los muchos films que protagonizó, las películas clasificadas con aquella «S» con la que se marcaban los títulos que iban tres pechos y cuatro obscenidades más allá del cine comercial de destape.

Lis Andersen grabó un par de *singles* en los que, a ritmo de música disco con arreglos facilones, nos invitaba a que sacudiéramos el culo, en uno, y a ir con ella a la gran fiesta, en el segundo y último. Era evidente que Dios no la había llamado por el camino del virtuosismo musical, pero en ella confluían todos los elementos que comercialmente se explotaban en la época, incluida la ambigüedad sobre su verdadero género, dada su corpulencia. Eso me hizo entender por qué entonaba con aquella voz tan redonda y suficientemente grave como para dejar abierta la espita de la sospecha.

Leyendo algún entrecomillado de las entrevistas con las que aderezaban los reportajes fotográficos y desplegables de su anatomía deduje que, o bien por indicación del agente que la estuviera sangrando o por iniciativa propia, Lis dejaba guiños para alimentar otra intriga más seductora, la de si se había pasado por la piedra a los más altos prebostes del Régimen. «Lis, de ejercer en El Pardo, a estrella del destape», fue un titular de páginas interiores en *Interviú*, por ejemplo. «Si esta boquita hablara…», dicho con el índice sobre sus labios de grueso carmín, en pose que pretendía evocar a Marilyn, se leía en *Barrabás*. Pero jamás se deslizó una insinuación sobre que la información privilegiada le podía haber llegado en un motel de carretera con farolillos rojos. «La Nadiuska de Ribarroja», como se referían a ella en *El Papus*, tuvo un final de abandono tan sórdido y triste como el de la rusa.

Aquella artista que antes de caer en desgracia encabezó repartos era la que había escuchado atentamente lo que yo le musitaba al oído mientras yacíamos en el catre por el que habrían pasado desde camioneros de todo pelaje hasta guardiaciviles de bigote caudillista.

172

De todo lo que le susurré para que se lo largara a los de más arriba, no les llamó la atención ni lo del golf ni lo del tenis. Tampoco lo de la caza. Ni siquiera lo del cine de Carlos III. Sin embargo, un episodio que se dio de forma absolutamente casual y que, por tanto, le comenté a Lis de forma distraída, fue el que logró hacer fortuna. Desde la retaguardia estallaron en un ¡eureka! cuando supieron de la creciente afición que tenía Carmen Polo por escaparse en dirección a la calle Serrano.

38

*D*ecir que en pocas semanas había pasado de vivir en una pensión a morar en palacio era una verdad literal e impecable. Otra cosa es que colara a oídos de mi santa madre y de mis tías. Ni a mi padre le caía por su peso. Al escuchar tal patraña se le alteraba su lado sardónico y con una sonrisa de medio moflete me bajaba a la realidad con una advertencia de mucho fuste: «Cuidado con la vida, virrey». Tenía toda la razón del mundo; la vida, sin pedirme permiso, me había dado el bandazo que va desde el trato de usted y de señor Santolaya —el que acababa de dejar en Prado del Rey— hasta el Ramonín que un día podía ser mozo de caballerizas, otro botones, y en todo momento el niño de los recados. Un zagal que se metía para el pecho más de paquete y medio de Celtas diario y que echaba horas y horas en las cocheras, hablando de la nada con mecánicos y otros pardillos que, como yo, habían encontrado en ese cobertizo la mejor guarida para escaquearse, como si estuviera cumpliendo con vocación tardía con la mili que no había hecho.

En mi caso, la querencia a rondar por los talleres nada tenía que ver con el espíritu chafardero de otros compañeros a los que deslumbraban los últimos modelos de coches a disposición del Caudillo. Mi vieja Mobylette se despertaba cada semana con un achaque. Cuando no era la bujía a la que le faltaba la chispa, era el tubo de escape que se quejaba con carencias en la sujeción. Esa era la razón objetiva que me llevaba tanto por allí. La otra con más peso tenía que ver con que, desde los arcos de la entrada a las cocheras, era desde donde mejor se divisaba la fachada con ventanales del edificio de la guarnición militar.

Empezando a contar desde la derecha, era la segunda ventana del tercer piso. Mi vista se iba hacia aquellos visillos que transparentaban su silueta. Juraría que era la de Julia, y que ella se dejaba adivinar, amagando tímidamente con correr las cortinas de tul para saludarme desde la distancia, aunque en el último instante se arrepentía y se echaba atrás.

Yo no solía intervenir mucho en las conversaciones. No porque no me interesaran. Escuchaba y aprendía. Unos días de fútbol, y otros sobre el último episodio de *Ironside*. Paraba menos el oído si la tertulia versaba sobre automóviles, asunto que me la traía al pairo. Así que imagino que aquel día estarían haciendo una puesta en común sobre si sabían de buena tinta que la marca tal iba a mejorar la aerodinámica de su modelo cual, o discutiendo si el motor de este se había demostrado mucho más robusto que el de aquel. Mientras, yo estaba con la mirada puesta en una ventana. Quien me sobresaltó creía que eran las musarañas, o la luna de Valencia, las que me tenían alelado.

—¡Espabila, Pepe Vila! —Oí de repente a mis espaldas.

Esas palabras fueron acompañadas del típico collejón aparentemente campechano. Me lo acababa de soltar un militar. Un sargento o un alférez, qué sé yo. Lo que doy por descontado es que no debió tenerme en mayor consideración de la que mostraría con un quinto novato.

—¡La hostia! —Me revolví por impulso antes de conocer el rango del tirano. Me giré con la mano alzada con ganas de devolvérsela con intereses donde pillara, pero preferentemente en la cara de animal que presentaba la bestia.

El oficial me esquivó bajando los hombros, y con ellos la cabeza, bailona, a lo Cassius Clay.

—¡Tranquilo, campeón!

El respetable celebró la escena a risotada limpia, y el militar tomó ese alborozo como una victoria a los puntos y una humillación suficiente para su contrincante. La cosa no fue a mayores. Por menos te organizaban un consejo de guerra. Sin embargo, el desenlace fue totalmente inesperado.

—¿Sabes conducir? —me preguntó.

—Sí, claro, señor.

—Pues tienes diez minutos para vestirte de bonito y volver aquí para colocarte esta gorrilla. —Tenía en la mano la que solía llevar el chófer de la Señora—. No sé qué coño nos pusieron ayer en el rancho, pero tenemos a la mitad del personal con cagarrinas. —Se tocó la panza en sentido circular y puso cara de asco antes de espetarme—: ¡Vamos, *pasmao*, que el recado es para hoy!

No me quedaba otra que dar un paso adelante, aunque lo cierto es que no había cogido más coche que el Seat 600 con el que me saqué el carné por exigencia de Gallar en su día, a quien le entraron las prisas y ¡venga!, *dit i fet*, «No vaya a ser que nos haga falta y perdamos un seguimiento por una tontería como esta. Te lo apaño yo en media mañana».

Antes de salir «como si me hubieran metido un petardo en el culo» —otra de las expresiones poéticas del graduado chusquero—, le eché una mirada al Tiburón, como había oído que se referían al DS Pallas Prestige que paseaba a Carmen Polo por los Madriles. Un modelo de Citroën con el morro largo y abombado, de faros como ojos asiáticos. Recuerdo bien la matrícula: M-740851. La memoricé meses más tarde por un motivo muy distinto.

Había pasado de ser el objeto de mofa a convertirme, en el segundo posterior, en el ser más envidiado del planeta. No por recibir el honor de llevar de compras a la Collares, sino por ponerme al volante de aquel bicho.

Cuando se tienen que concatenar los hechos son capaces

de alinearse en la misma línea del destino una salmonela y un toro bravo en mitad de la carretera.

La primera me permitió conducir el Tiburón por primera vez. Luego fue mi asombrosa destreza la que hizo que me convirtiera en el conductor preferido de doña Carmen y en el titular del cargo. Incluso más allá de la semana en la que estuvo postrado mi predecesor.

No puedo explicar de dónde me brotó la sangre fría para manejarme con aquella habilidad, ni mucho menos el temple capaz de burlar las consecuencias de la imprevisible invasión de la calzada por parte del animal. Probablemente, de esa parte de inconsciencia que uno lleva consigo cuando cree que ya no puede sorprenderlo absolutamente nada.

En pleno descenso desde El Pardo, al coger una curva, me topé con un ejemplar astifino digno de ser lidiado en Las Ventas. Lo veo todo a cámara lenta: cómo reduje, cómo miré por el retrovisor, cómo la Jefa abría mucho los ojos y se llevaba las manos a la cara. El escolta que viajaba como copiloto se mordió los labios y extendió los brazos entre el salpicadero y su cuerpo esperando lo peor, y yo creo que le hice un gesto con la cabeza al bicho, invitándolo a que se apartara hacia mi izquierda si no quería que allí acabaran sus días y tal vez los nuestros; me hizo caso.

Una vez toreado como si aquello fuera coser y cantar, la Generalísima bajó la mampara acristalada tras la que se parapetaba en la parte trasera. Tocó el hombro del escolta y le encomendó que apuntara mi nombre. No lo iba a memorizar ella. Salvo con Gorostegui, solo utilizaba apelativos para dirigirse al resto de personal: muchacho, mozo, soldado (aunque fuera cabo), *chavea*… o catalán, como fue mi caso. No tenía un acento que me delatase, pero se quedó con la copla del expresivo *collons!* que no pude reprimir cuando me encontré frente al morlaco. Me salió del alma un do de pecho que ni el frenazo ni la barrera de cristal lograron amortiguar.

Mi nuevo trabajo fue el resultado de su tan temido «Este me gusta». Una sentencia que inquietaba especialmente en la joyería por donde tenía querencia de dejarse caer dos o tres veces al mes.

«Serrano, 92» era la consigna. Y allá que nos plantábamos, frente a la placa plateada con la leyenda de «Gregory. Creadores de Joyas». La jota se tambaleaba. Quizás la llegué a ver caída. Tal vez concluyeron los dueños que no reponerla podría pasar por un signo de decadencia que invitara a su excelentísima a no dejarse caer por allí de nuevo. Pero qué va. Ni por esas.

Con la rutina, vas teniendo cierto roce con el escolta. No es que te encariñes, pero compartes algunas confidencias y chascarrillos. Y fue él quien me lo contó. Pude corroborarlo la única vez que entré en el establecimiento, ya que solía quedarme fuera esperando en doble fila. Era también lo más seguro para mí. Madrid no dejaba de ser un pueblo grande y tenía que rehuir la puñetera casualidad de que alguien me reconociera bajo aquella gorrilla como un antiguo mandamás de la tele.

En aquella ocasión especial no tuve más remedio que entrar para socorrer a la Señora. Se había torcido un tobillo y, por despiste o por coquetería, iba desprovista de su bastón de apoyo.

Gregory tenía tanta solera como atestiguaban sus suelos y paredes de madera y la costumbre de que despacharan tras una mesa baja. Había dos. Una a la entrada, a la izquierda, tras un tablero de ajedrez con figuras talladas. En esta limpiaba piezas plateadas una chica joven con aspecto de meritoria. La otra mesa estaba al fondo, ante un aparador sobre el que reposaba un enorme colmillo de elefante de dudoso gusto decorativo. Hacia allá nos dirigió, decidida. Un caballero de solera cana y de complexión espigada se levantó al reconocer a la visita y le dedicó una especie de reverencia.

—Como le dije la semana pasada, me han llegado unos collares nuevos. Se los muestro enseguida, señora.

—¿De perlas?

—En todos los sentidos, señora.

Rieron de forma cómplice, aunque alguna gruesa gota de sudor también perlara la frente del joyero. Tal vez temiendo que el «Este me gusta» recayera sobre una pieza de caza mayor y fuera esa la que se viera obligado a cederle. A fondo perdido, como tantas otras.

$\mathcal{N}$o albergaba ninguna duda de que la mujer tras las cortinas era ella.

Ver de cerca a Julia fue convirtiéndose en una de esas ideas que se hacen un espacio cada vez mayor en nuestra mente; que nos ocupan poco a poco todo el tiempo. Mi obsesión.

Un posible encuentro fortuito, aunque no estuviera exento de riesgo, cada vez me intimidaba menos y lo necesitaba más. Así que ideaba maneras para acercarme a la zona de los aposentos de la Guardia.

En mi condición de chófer, tendría alguna opción de rondar por allí. Igual que nos llegaban los sacos de viandas, comprobé que también salían envíos en sentido contrario, aunque fuera muy de tarde en tarde. Eran regalos que habían sido desestimados por algún miembro de la familia Franco. Por una cuestión de buenos usos y costumbres, se consideraba de pésimo gusto, y muy malas artes, devolver cualquier presente que llegase a la residencia oficial del jefe del Estado. Pero la realidad es que era imposible asimilarlos todos. Algunas vajillas de La Granja y cerámicas de Talavera, por reiterativas. Otra razón para rechazar un objeto es que este presentara una mínima sofisticación tecnológica. Nadie de la estirpe Franco era amante de esos utensilios; tenían auténtica animadversión a los ingenios mecánicos. Resulta irrisorio a ojos de hoy, pero no todo el mundo asimilaba que el televisor se convirtiera en una cancha de tenis flanqueada por dos palitroques estirados y blancos con la capacidad de brincar arriba y abajo y no ir más allá de los límites de la pantalla.

Con el paso de los meses, se iban acumulando paquetes. Llegado el momento de que amenazaran con salírsele de madre al mayordomo, doña Carmen ordenaba repartirlos entre el personal, censo para el que también se tenía en cuenta a los miembros de la Guardia y a sus familias, que habitaban más allá del muro unas, y en Mingorrubio el resto.

Cada vez que me encargaron dar un viajecito con ese tipo de paquetería, más otro par en las que me presté voluntario, hice por verla. Nunca tuve suerte. Un día creí que era Julia quien se metía por uno de los portalones, pero no tuve oportunidad de seguir su sombra. Me reclamaron con urgencia en ese mismo instante. Sería que no estaba de dios, como decía mi madre, o porque lo que me tenía deparado el mismo dios en persona era un reencuentro más sorprendente aún.

Tuve que regresar a mi puesto. El furriel me encargó que me plantara tan rápido como me fuera posible en el aeropuerto a recoger a unos señores «muy importantes», a los que había que tratar, según sus palabras, como jefes de Estado. ¡Jesús!

—En menos de una hora están citados con las alturas. —Señaló con el dedo hacia las plantas superiores. También se disculpó, apurado—: Te debo una, Santolaya. Lo había apuntado mal. Creía que era el 29 y llegan hoy, 24. ¡Esta puta letra mía! Estarán a puntito de aterrizar.

Me dio un cartel con los nombres de quienes había que recoger en la terminal del puente aéreo. Abogados de un despacho neoyorquino con origen catalán, Llorens y Mongay.

Me quedé pasmado nada más abrirse la puerta de llegadas internacionales y comprobar que quienes venían hacia mí atendiendo al reclamo eran Rita e Ignacio. O lo que es lo mismo: la hermana de mi amigo y el *lechero* amante de Úrsula. En traje con falda entallada ella y de corte diplomático el de él.

Maqueados, peripuestos, dejando una estela de fragancia carísima que se me quedó a vivir en la pituitaria durante tres días.

Me endilgaron su par de maletas con un desprecio de esos que te mandan la dignidad al pozo, y miradas de arriba abajo, sin cruzarse con la mía en ningún momento.

Durante el trayecto hasta El Pardo no se dirigieron a mí más que para una respuesta formal a la pregunta de si estaba bien la temperatura del habitáculo y cuando les comenté que podían hacer uso del dispositivo que subía la mampara, «por si requieren de algo más de intimidad o discreción, señores». Por el retrovisor observé una mueca irónica en los labios de Rita.

Su charla guardaba el equilibrio justo entre el interés que tenían en que me coscara de lo que me tenía que coscar y en que nadie pudiera advertir ni un ápice de complicidad entre ellos y yo, si aquel turismo estaba infestado de micrófonos u otros artilugios de grabación propios de las películas de James Bond.

Si no, me habrían explicado por qué habían sido ellos los elegidos para llevar a cabo la misión. Ignacio, como agente dúctil curtido en mil batallas y centenares de personalidades, era el hombre de McNamara con la cabeza más fría; más que su propia sangre. De los de ver, oír y hablar únicamente si no quedaba más remedio. Tan discreto que podías olvidar el timbre de su voz en el tiempo transcurrido entre cada una de sus sentencias. Tampoco descartaría que Úrsula se hubiera caído de la convocatoria porque las relaciones entre Ignacio y ella hubieran acabado enfriándose, o estuvieran atravesando alguna crisis. A ella seguro que le seguía perdiendo la necesidad de sentirse deseada y difícilmente podría haberse resistido a la conquista y posterior abandono de algún pipiolo, como hizo conmigo. Nuestra condición está por encima de la voluntad. En mis miradas a través del retrovisor pretendía adivinar si las de Ignacio hacia mí estaban cargadas de reproche o de desdén. Nunca supe si Úrsula le había contado con quién durmió la noche antes de su huida.

En cualquier caso, Rita se manejaba con mayor solvencia que Úrsula en asuntos de profundidad histórica, y aquel encargo lo requería.

Fue la primera vez que oí hablar del tesoro de Nuestra Señora de las Mercedes, la fragata española hundida a principios del siglo XVIII frente a las costas del Algarve «por la pérfida Albión». Rita hacía hincapié en que la exposición debería aludir así a la flota inglesa, insistiendo machaconamente en toda la terminología que apelara al espíritu patriótico herido en aquel episodio histórico preludio del desastre de Trafalgar; tocar la fibra del nacionalcatolicismo para que quien estuviera presente en la reunión se sintiera zarandeado en su instinto más primitivo: el deseo de venganza.

—Por cierto, ¿tú crees que nos recibirá el mismísimo Franco? —le preguntaba Rita una y otra vez a Ignacio. Supuse que buscaba la respuesta en mí, mediante un leve cabeceo. No les pude orientar, no tenía ni la más remota idea, aunque empezaba a atar cabos sobre la temática de aquel retablo y me moría de ganas por tener todo el libreto.

40

Llanos de Pisuerga, noviembre de 2019

Belén del Collado llega preparada para el largo fin de semana, aprovechando que el viernes era Todos Los Santos.

Antes de que le dé a leer la parte de la historia que he tenido tiempo de redactar, la periodista firma los documentos en los que se compromete a guardar silencio y seguir escrupulosamente mis instrucciones.

185

Dedica la mañana a una primera lectura de la que va extrayendo las notas que le sirvan para plantearme el cuestionario.

—¿Cómo se enteró de los verdaderos planes de Rita y de Ignacio? —empieza por donde yo lo había dejado.

—Me hice una idea bastante aproximada al escucharlos en el coche. Aunque fue Lis quien me acabó de poner al corriente.

—¿La prostituta con la que se veía en el club de carretera cada jueves?

—Exactamente. Mi enlace.

—¿Cómo se lo contó?

—Me explicó que, después de conocer la querencia casi enfermiza de la mujer de Franco por las joyas, desestimaron un primer plan, el de los cuadros. Por lo visto, para eso habían reclutado a Rita, la hermana de mi amigo, formada en Historia del Arte y directora de aquel vivero de pintores donde mataron a Víctor. Así que Úrsula y el propio Ignacio la convencieron para formar parte de su equipo en América. A Rita le pareció una buena idea cambiar de aires e involucrarse en un proyecto cuyo objetivo podía asemejarse a la mejor venganza que iba a estar a su alcance contra el Régimen mafioso que había acabado con la vida de su hermano. Así que ahora iban a hacerlo a lo grande. Cuanto más llamativo fuera, más creíble resultaría. ¿Y qué más grande que un tesoro? No sé de qué cabeza saldría semejante plan, pero tuvo que ser de una privilegiada.

—¿Los americanos estaban detrás?

—Cuando hablas de los americanos, ¿te refieres a los servicios secretos, a la CIA?

—Sí, claro.

—Hay motivos para pensar que sí. Por la magnitud de la operación, es fácil sospechar que tuviera ese respaldo. Es complicado. Difícilmente pueden organizar algo así cuatro delincuentes de cuello blanco.

»Quienes se presentaron en El Pardo como representantes de los intereses de la empresa cazatesoros estadounidense eran personas de la confianza de McNamara. Lo que no puedo asegurar es si este actuaba en su condición de funcionario americano o movido por la tajada que iba a sacar, en su calidad de comerciante. O las dos cosas. O las tres, si incorporamos a su currículum el ámbito de los golpes de guante blanco.

—A simple vista, parece que estamos hablando de esto último, ¿no? De una estafa. Una gran estafa al jefe del Estado español.

—Al dictador.

—Señor Santolaya, dígame: ¿Qué interés podría tener el Gobierno estadounidense? El de los estafadores me queda claro.

—No sé, me lo he preguntado muchas veces.

—¿Ha llegado a alguna conclusión?

—Quizás el plan era destapar el pastel llegado el momento y dejar en evidencia a Franco. Si se hubiera sabido, habría sido un escándalo de proporciones mayúsculas, que habría contribuido a darle la puntilla al Régimen. El episodio habría ayudado a explicar a las claras cómo Franco y su familia, más los tentáculos de la corte que tenía instalada a su alrededor y en los centros de poder, hacían y deshacían a su antojo, como si España fuera un cortijo de su propiedad.

»No hablo de que ninguna autoridad estadounidense hubiera salido a dar la cara para explicarlo y ponerse la medalla. Sabe que las cosas no funcionan así. Hay métodos para depositar la información con seguridad donde sabes que van a darle el uso que tú quieres.

Belén levanta la cabeza de sus notas. Abre la boca, mueve la mano derecha en el aire como si su bolígrafo fuera una batuta, y con él da un par de golpes sobre el paquete de folios. Cierra la boca y cabecea. Me parece que va a recogerlo todo y va a dar por zanjada la entrevista. Si ha pasado eso por su mente, depone su actitud y se frena. Suspira de forma ostensible y continúa con el interrogatorio:

187

—Entonces, ¿por qué no se habría sabido hasta ahora? Solo ha llegado a trascender como consecuencia del accidente del helicóptero que portaba su féretro.

—No hubo tiempo. En aquel momento, no hubo tiempo.

41

*M*ientras todos los medios siguen especulando, Belén escucha mis respuestas a las preguntas que se hacen tertulianos y observadores. Hasta bien entrada la noche, le explico lo que sé. Y sobre lo que nunca he logrado averiguar, le hago partícipe de mis dudas, como las que me asaltaron en el año 2007, cuando trascendió que la empresa americana Odyssey, los cazatesoros, saltaba a la palestra por haber hallado el botín de Nuestra Señora de las Mercedes. No supe si tomármelo como una broma macabra del destino. Ver las imágenes y las referencias constantes a las cerca de 600.000 monedas de plata y oro que reclamaba el Estado español como legítimo propietario me hizo sospechar que se iba a levantar la liebre.

—¿Pensó que alguien tenía información sobre el episodio de 1975? —quiere saber Belén.

—Sí. Creí que era una forma de llamar la atención. Una advertencia.

—¿Creyó o supo?

—No, no he podido probar que existiera relación entre ambos casos.

—¿En 2007 seguía trabajando en la Administración?

—No he dejado de estar vinculado de una forma u otra hasta hace unos días.

—¿En algún puesto que tuviera relación con las negociaciones o el litigio para recuperar el pecio?

—No, en aquel momento no pasaba por mis manos nada que tuviera que ver con ese asunto. Estaba en otros negociados.

—¿Ha dudado en alguna ocasión de que la parte del tesoro de Las Mercedes que se va exponiendo de forma itinerante no sea el real?

—No, no me cabe ninguna duda de que es el original. Sé de buena tinta que expertos de prestigio e independientes realizaron las pruebas y exámenes periciales. Y aunque no estuviera entre los asuntos de mi competencia, me encargué de que quien tuviera que asegurarse de la autenticidad de las monedas hiciera un trabajo serio, con rigor.

—¿Quién lo hizo en 1975?

—En primera instancia, nadie.

—No me lo puedo creer.

—Créetelo. Así funcionaban las cosas en Palacio. ¿O acaso no has leído ahí cómo me convertí en conductor de la Jefa?

—¿Lo fue durante mucho tiempo más?

—Y no solo eso. Quizás no era exactamente el plan que tenían previsto para mí los de arriba, pero acabé siendo una persona de la máxima confianza de Carmen Polo de Franco.

La gran diferencia entre el falso tesoro que le colocaron a Franco los enviados de McNamara y el que más tarde conoció el mundo es que aquel era mucho más modesto en tonelaje y pudo llegar a El Pardo camuflado en tres o cuatro furgones. Se descargó en cajas cerradas. A ojos del personal, como si se tratara de alimentos u otros enseres de los que los Franco iban haciendo acopio y acumulando en el búnker de Palacio «para poder hacer frente a cualquier contingencia».

Lo que nunca tuvo el tesoro verdadero —al menos, que se haya sabido— fue lo que ayudó a que le entrara por los ojos a la Señora, unas joyas exclusivas de la época que, al parecer, resultaron fundamentales para que se diera el visto bueno a la operación por su expreso deseo. Y capricho.

42

Madrid, 1975

El último jueves que fui al club de la carretera de La Coruña supe que algo ocurría nada más ver a Lis.

Tenía los ojos rojos, hinchados. Me recibió despeinada. El único resto de maquillaje era el rímel corrido que no había llegado llorando hasta la almohada. La encontré tumbada sobre la cama, en posición fetal, con una camiseta de Penélope hasta las rodillas.

—Ven aquí, siéntate, Ramón.

Me cogió las manos. Se las llevó hasta donde quedaba claro que no había más ropa y volvió a decirme, como cada semana, que aquello era gentileza de la casa.

Luego se encendió un cigarro y, mirando por la ventana, dándome la espalda desnuda, me dijo que no nos íbamos a ver más, que a ella la iban a mandar no sé dónde, no lo entendí muy bien, su voz rebotaba contra el cristal. Por eso, cuando me explicó el plan que había para mí, supuse que había oído mal.

—¿Que me tire? ¿Cómo has dicho?

—De vuelta al Pardo. En una curva. Que simules un accidente.

—¡No me jodas!

—A 20 kilómetros por hora no te matarás. Como mucho, te puedes romper algo, una pierna, un brazo. Se trata de eso.

—¿Se trata de que tenga un accidente? ¿Que lo simule?

—¡No sé cómo quieres que te lo diga, Ramón! —me gritó de forma seca. Rompió de nuevo a llorar.

Yo ya había llegado hasta donde estaba previsto. Incluso había superado las expectativas con creces. El plan había salido mejor de lo que nadie hubiera podido imaginar.

Ahora habían decidido que una lesión me apartara del volante. Y de la Señora. Me encargarían misiones menores, estaría menos expuesto y el día que fuera posible me reclamarían para otro destino. Me quitaría de la primera línea. Así de fácil, sobre el papel. Solo tenía que tirarme de la Mobylette en marcha.

Estas cosas de los espías, estas viñetas tan peliculeras, quedan niqueladas en la ficción. En el plano real son otra cosa y no están exentas de peligro. Tanto que nada más salir del club y coger la carreterucha que iba a El Pardo, unas luces de una furgoneta Volkswagen se me pegaron al culo. Por más que yo aminorara la marcha y me echara hacia el arcén, a veces a punto de salirme del asfalto, no veía que hiciera intención alguna de adelantarme. Nadie venía de frente. Ningún vehículo en ningún sentido. Así nos mantuvimos, manteniendo la distancia, el tira y afloja, durante kilómetros.

No fue necesario que simulara el penalti. A falta de dos curvas para divisar mi destino, la camioneta aceleró. La vi venir por el espejo retrovisor que cimbreaba en el manillar.

De golpe, sentí cómo embestía contra mi rueda trasera.

Salí disparado, y poco más recuerdo.

Hasta que desperté.

Primero fue un pitido largo, como un acúfeno que derivó en un morse de puntos suspensivos. Después desapareció y se hizo el silencio de una burbuja de aire que me aprisionó los oídos. Los intenté vaciar tragando saliva, pero las encías eran corchos y la lengua, un trapo seco. El paladar testaba óxido. Sentí un olor fuerte a desinfectante y los ojos me escocían.

Era una sala inmensa y fría. Temí que estuviera en la morgue y que allí, en la muerte, se tuviera otra conciencia. Pero si no había cruzado el pasillo y me había quedado en este mundo, creí que me encontraría de nuevo con Úrsula, esperándome en ese lado de la vida del que me resistía a marchar.

Sin embargo, el rostro que vi era el de la persona que ahora duerme aquí a mi lado. Los ojos inmensos de Julia aguardaban a que se abrieran los míos. Por un momento, antes de notar su respiración cálida cerca de la mía, supuse que era otra ensoñación.

—No digas nada —me susurró.

Empecé a oír el rumor de una conversación que mantenían una mujer y un hombre por el pasillo. Se iban acercando. La voz femenina resonaba más. Abrieron la puerta. Encendieron la luz y el destello me cegó. Instintivamente cerré los ojos.

193

Por la conversación deduje que era la enfermera quien hablaba sin dar tregua. Su voz se me estaba clavando como alfileres en la cabeza. Iba poniendo al corriente de las incidencias del turno de noche al doctor que se incorporaba al servicio.

Se plantaron a los pies de mi camilla.

—¿Todo bien? —se interesó la enfermera.

—Se acaba de despertar —informó Julia.

—¿Saben quién es? —preguntó el médico.

—Es uno de los conductores, el chófer de doña Carmen.

—¿Ha tenido un accidente?

—Lo trajo la Guardia Civil. Lo encontraron tirado en la cuneta. Iba con su moto. La Mobylette ha quedado mucho peor que él, doblada por la mitad. Para tirarla. El sargento que lo trajo, por lo visto, tenía experiencia. Había levantado cientos de atestados y estaba seguro de que alguien le dio un porrazo de no te menees. Duerme gracias a los calmantes.

No me quedaba ninguna duda de que estábamos en el botiquín de El Pardo. Era como se conocía a la enfermería de urgencia equipada con todos los medios y con el instrumental preciso para salir del paso en casos que lo requirieran. Así se evitaba que alguna información comprometida saltara los muros de la residencia oficial, como la naturaleza de una patología que hiciera tambalearse la salud de Franco y diera una muestra de la debilidad del Régimen.

43

Llanos del Pisuerga, noviembre de 2019

Julia acaba de aparecer en la salita con una bandeja de aperitivos. Belén detiene la grabación y la mira con ternura.

—¿Vuelven a estar juntos desde entonces? —nos pregunta la periodista como si fuese la espectadora de una telenovela encantada con el desenlace.

Julia asiente.

—No fue sencillo, como puedes imaginarte —añado—. No hubo nada que nos lo pusiera fácil.

—¿Puedo contar también esta parte más íntima de la historia? —Enseñando el *reporter*, Belén solicita permiso para seguir grabando—. Si prefieren, les dejo solos para que lo hablen.

No hace falta. Julia, igual que yo, sabe que es imposible entender una parte sin haber explicado la otra.

Lo cuenta todo. Y eso significa confesar que ha sido una mujer maltratada y humillada durante gran parte de su vida, mientras estuvo bajo el yugo de dos sátrapas repugnantes como su padre, primero, y su esposo después. En el caso del conde, gracias a la impunidad con la que actuó, favorecida por la ceguera cómplice del alcoholismo de su mujer. En el caso de Damián de Gorostegui y Arbeloa, por el silencio culpable de las sumisiones de la familia castrense, de la burbuja en la que vivía parapetada la jurisdicción militar, con patente de corso para redimir sus asuntillos como su Dios les daba a entender. Además de la sentencia conocida: «Algo habrá hecho para que la zurre así; se lo merecerá, la muy puta. ¡A la hoguera con ella!».

—¿Era ella quien miraba tras la cortina? —quiere saber Belén.

—Sí. Era Julia.

No me engañó mi instinto. Supe que era ella y que, como hace en los cuentos la princesa presa en el torreón del castillo, esperaba que alguien con agallas acudiera a rescatarla. Cuando desperté y me vio en la camilla, celebró que sus oraciones hubieran surtido efecto. Volvió a rezar para que me recuperase lo antes posible de las secuelas de mi atropello.

Que las cosas hubieran sucedido tal y como sucedieron había que atribuírselo a la magnanimidad de Dios, según Julia, que, a pesar de las pruebas de fe a las que la había sometido, no daba muestras de flaqueza y seguía manteniendo la suya de manera inquebrantable.

Estuve en el botiquín de El Pardo muchas horas, el tiempo suficiente para ponernos al día.

Julia había recibido nociones de primeros auxilios y de enfermería en la Sección Femenina. Cuando supo que había que cubrir aquella necesidad en Palacio, se presentó voluntaria para poner su conocimiento al servicio de lo que se preveían como unos meses intensos debido a los achaques de Franco. La salud del Generalísimo no se podía dejar en manos de alguien que no fuera de la máxima confianza.

Nos hablábamos en susurros y sin mirarnos nunca a los ojos, sin abrir prácticamente la boca. Charlábamos mientras ella procedía con las labores rutinarias, como la de tomarme la temperatura o cambiarme la sonda, lo cual me generaba unos raptos de pudor difíciles de superar.

El suelo del pasillo era lo suficientemente escandaloso y delator como para que no nos sorprendieran las visitas de su compañera o del jefe médico de turno, que eran frecuentes pero breves. Se advertían sus pasos a kilómetros.

—Cuando le dieron el alta, ¿cómo se veían?

—Poco. Muy poco. A hurtadillas.

—¿Cómo se mantenían en contacto?

—Por carta. En clave.

Ante la cara de incredulidad de la reportera, la pongo al tanto de mi etapa de lazarillo del espía americano en mis inicios en Barcelona, de cómo para mantenerme informado sobre la salud mis padres inventábamos personajes y situaciones que nos resultaran familiares, y cómo confiábamos en que el mensaje iba a ser interpretado de manera correcta porque a buen entendedor, pocas palabras bastan.

Julia y yo nos escribíamos en inglés, como si yo fuera su tía Margareth Graham, de Brighton. Para eso solo había que tener de tu parte al mozo del correo interno, lo cual no era muy complicado disponiendo de una cuenta abierta en el club de carretera donde en su día me desahogaba con Lis Andersen. Y de propina, le agenciaba un par de juegos de televisión arcaicos de entre los despreciados por la familia Franco.

—Yo había dejado de ser el chófer de la Collares. —Me arrepiento enseguida de expresarme así y me intento justificar—: Perdón, pero es así como empezó a conocérsela en según qué círculos. No me gusta hablar así, ni de ella ni de nadie. Además, es injusto en su caso porque, al fin y al cabo, aunque no se lo propusiera, Carmen Polo contribuyó a que nuestro plan saliera razonablemente bien.

—¿El plan tiene que ver con lo que me va a contar en exclusiva? —Belén empieza a impacientarse. Pecados de juventud.

197

—Está íntimamente relacionado. Por eso estamos aquí.

—¿Y cuál fue el plan?

A Julia se le ocurrió organizar un mercadillo benéfico para la Navidad de 1975. Calculo que sería por septiembre. Había que prepararlo con tiempo. El rastrillo la acercaría a la Generalísima, muy amiga de quedar cristianamente bien con causas que llenaran la hucha para «los negritos» o para los hijos de militares mutilados. Si la lograba implicar, Julia estaría en todas las salsas. Lo confirmó cuando empezó a recibir la exclusiva invitación para los pases de cine con merienda incluida.

Por otra parte, quien quisiera asegurarse de que una curva mal tomada con la Mobylette me iba a sacar de la carretera y de la primera línea no midió bien las consecuencias. No volví a conducir el Tiburón ni ningún otro coche del parque automovilístico de Palacio. No porque quedara lisiado, sino porque el accidente sembró una duda sobre mi destreza. «Con todo el dolor de mi corazón, catalán, no voy a poder mantenerle como conductor», se lamentó el furriel y, apelando a mi virtud de «mozo *espabilao*», me mandó para las oficinas, «que allí siempre hace falta gente».

Julia volvió a agradecer a la divina providencia aquella bendita casualidad. La decisión allanaba el camino. No había destino que respondiera mejor a las expectativas de lo que tramábamos.

198

44

—*D*espués de todos los episodios de la salud quebradiza de Franco, llegamos a octubre de 1975. El dictador sigue «perdiendo peso todos los días y con problemas para conciliar el sueño». Así lo cuenta el doctor Vicente Pozuelo en su libro. Su último acto público fue en el día de la Raza o de la Hispanidad. Tres días más tarde, el 15 de ese mes, sufre un infarto. Un infarto que, en principio, no se reconoce como tal y se achaca a una complicación gripal.

—Sí, lo recuerdo perfectamente.

—¿Fue cuando recibió la noticia?

—Sí. Por eso estoy tan seguro. Fue por esos días. Se habló de que si la crisis coronaria se la había provocado la Marcha Verde, que si esto, que si lo otro, que si tenía que ver con lo mal que llevaba lo de las reacciones internacionales protestando contra las ejecuciones…

—¿Cree que no tuvo nada que ver con eso?

—No, no he dicho tal cosa. Lo que puedo asegurarte es que si no fue el día 12 de octubre, sería uno antes o uno después cuando se enteró de lo del tesoro de Las Mercedes.

—¿Se enteró de que había sido víctima de un timo, de que el pecio era falso?

—Así es.

—¿Quién se lo dijo?

—Su mujer, claro.

—¿Cómo lo supo ella?

—Nos encargamos de que se enterara.

—¿Julia y usted?

—Lo hizo Julia, cuando tuvo la suficiente confianza con ella.

—¿Tanta amistad entablaron? ¿Llegaron a ser amigas íntimas?

—No no… Por favor. Al menos, no en ese momento. Julia se lo pensó dos veces, y tres, antes de dar ese paso. No sabíamos cómo iba a reaccionar.

—¿Cómo se lo dijo?

—Pues que no quería que se ofendiera, pero que tenía que comentarle algo muy delicado; que se dice el pecado, pero no el pecador; que tomara aquello como un gesto del respeto enorme que sentía por su persona. Total, que todo eso venía porque una de las habituales en aquellas reuniones de alto copete en las que organizaban el rastrillo le había comentado que si no le parecía a ella también que alguna de las joyas que llevaba eran de oro del que cagó el moro. Obviamente, no se lo dijo con estas palabras.

—¿Cómo reaccionó?

—Airada. ¡Airadísima! No contra Julia, pero claro, le sentó como te puedes imaginar…, ¡como un tiro!

—¿Qué ganaban ustedes con eso?

—Ya te dije antes que eres un poco impaciente. Te lo curará el tiempo, no te preocupes.

Ganábamos nuestra libertad.

45

Madrid, octubre de 1975

Julia, cuando vio que ya era imposible que salieran más blasfemias por la santa y recatada boca de la beata señora de Franco, se derrumbó. No tuvo la necesidad de interpretar en exceso. Iba a delatar al indeseable de su marido. A desenmascararlo.

—Mire, excelencia —le vino a decir a la Señora—, si me he decidido a encarar este asunto tan delicado es porque llevaba tiempo sospechando de mi esposo.

—¿De Gorostegui? Pero ¿qué diantres tiene que ver don Damián con todo esto?

—Que Dios me perdone por lo que voy a decir, pero mi señor esposo, doña Carmen, no es una buena persona y ni mucho menos un buen cristiano. No puedo contar las veces que me ha mancillado, que me ha violentado, que me ha pegado hasta dejarme el cuerpo baldado y las carnes amoratadas. Todavía hoy, después de la última paliza, me duele llorar como estoy llorando. Debo tener alguna costilla rota. Todo esto lo he sufrido en silencio, con resignación.

—¿No se lo has dicho al párroco, hija?

—He pensado en hacerlo millones de veces, pero ha pesado más la idea de que Dios ha de saberlo y de que actuará en consecuencia. Por eso, cuando he empezado a sospechar que manejaba más de lo que su sueldo y las prebendas que puede tener un militar de su rango dan a entender como ló-gico he estado revolviendo sus papeles, y entonces he visto las pruebas.

46

Llanos del Pisuerga, noviembre de 2019

*B*elén sigue con el cuestionario.

—¿Lograron implicar a Gorostegui, al exmarido de Julia?

—En eso consistía el plan.

—¿Cómo?

—Para el chico *espabilao* que mandaron a administración, 203
fue pan comido —interviene Julia.

Le detallo a Belén cómo descubrí que los gastos para pagar las joyas que les colocaron Rita e Ignacio estaban consignados como partidas camufladas en los fondos reservados, intentando que no quedara rastro, por si en el futuro, cuando cambiaran los aires políticos, se levantaban las alfombras.

—Pero imagino que lo que podría probar la implicación de Gorostegui pasaba por demostrar que era él quien se había beneficiado de la estafa —deduce la periodista—. ¿Cómo acaba ese dinero en manos de Gorostegui?

—Hay que tener amigos hasta en el infierno. A veces basta con tenerlos en los servicios secretos. Y en la radio, a la que hubiera sido capaz de vender mi alma para haber jugado en ese equipo. Con un magnetófono algo más rudimentario que el que está grabando esta entrevista, aunque fuera muy sofisticado para mitad de los setenta, se hacen maravillas. Por un lado, te haces con la grabación del viaje en coche desde Barajas hasta El Pardo. Rita e Ignacio habían dado todo lujo de detalles durante el trayecto. Más que suficientes, al menos, como para simular que se lo explicaban a Gorostegui. Sacarle a este reacciones que fueran verosímiles ya no fue tan sencillo. Pero conocía a dos magníficos montadores, alumnos aventajados de Realización en la Escuela Oficial, que eran capaces de hacer verdaderas virguerías. Pregunta por la Casa, Belén. Pregunta.

Con un clínex se seca los ojos, enrojecidos por la emoción.

Saca del bolso un ejemplar del periódico que publicó la imagen en exclusiva tras el accidente del helicóptero. En portada, a cinco columnas, el titular: «Franco no estaba allí».

En la foto se ve el ataúd que nunca se abrió. El protocolo obligaba a la presencia de un forense en la exhumación para dar fe de que se cumplía con el rigor del acto jurídico, aunque nunca se le requirió la prueba que corroborara que el féretro que se transportaba contenía los restos de quien se daba por hecho que yacía en él desde hacía cuarenta y cuatro años. En la instantánea se ve la madera totalmente resquebrajada que empieza a ser pasto de las llamas. Todavía se mantienen intactas las miles de monedas doradas guardadas en su interior.

47

*S*i nos dejamos llevar por la apariencia de las ojeras, quien ha pasado peor noche ha sido Belén. Julia ha descansado profundamente gracias a la medicación. Hace mucho tiempo que no la veo tan relajada.

Desayunamos los tres, todavía en pijama. Queda por contarle a la periodista la parte clave de la historia. Luego Julia y yo viajaremos a París por carretera. De allí, a Nueva York, para después llegar a Houston, donde Julia se va a someter al tratamiento en el que hemos puesto todas las esperanzas.

—Hay poca cobertura aquí —comenta Belén—, pero la suficiente para comprobar que Damián de Gorostegui..., a ver un momento... —Busca un documento en la pantalla de la *tablet*—. Aquí está: «Damián de Gorostegui y Arbeloa, general de Brigada del Ejército español, considerado como el *capataz* de El Pardo y mano derecha del dictador Francisco Franco», y bla, bla, bla... «Murió en 1975 en un accidente aéreo que sufrió la avioneta en la que se trasladaba de Málaga a Melilla, donde había sido destinado para ponerse al frente de los Regulares.»

—Viajaba junto al piloto y su ayudante. Estos pudieron saltar antes de caer al mar, a pocas millas de la costa marroquí.

—¿Un destierro?

—Un castigo, evidentemente. Esa fue la represalia que Franco pudo tomar contra él. Lo defenestró.

—Y luego, un desgraciado accidente, ¿no?

—Eso parece.

—Ya…

Belén vuelve a blandir el periódico con la foto del falso ataúd de Franco en portada.

—Encaremos lo que queda.

—Habrá que hacerlo.

48

Madrid, noviembre de 1975

El primer lunes del mes, a última hora de la tarde solo permanecíamos trabajando en El Pardo un retén de rezagados. En las oficinas estaba yo solo. Aprovechaba esos momentos de impunidad en los que no me vigilaba nadie para hacer y deshacer mis líos; entre ellos, los apuntes contables que acabaron inculpando a Gorostegui.

Ya era noche cerrada cuando oí un griterío que rompía la rutina calmosa. Por un momento temí que fuera un asalto. Se oía de todo en aquel tiempo. Sobre todo, después de que empezara a tomar fuerza el rumor sobre la debilidad de dictador. Pero los gritos no los proferían los bolcheviques ni era ruido de sables. Eran de su esposa, la única persona que lo acompañaba en aquel trance, cuando una crisis profunda le hizo emitir un ruido gutural, una especie de ronquido profundo, lo que podía ser su última exhalación.

Conforme la Señora lo explicaba, con la mano en el pecho, alterada y sin resuello por la carrera que la trajo desde las habitaciones interiores hasta la zona común, todos dimos ya por resuelto el desenlace biológico irreversible para el que el obispo de Zaragoza lo había preparado cristianamente unos días antes, el 25 de octubre, administrándole la extremaunción.

Franco llevaba convaleciente desde esa última crisis cardiaca, la reconocida, que había dejado su estado de salud en precario. Se había encomendado a reliquias como el brazo incorrupto de santa Teresa y los mantos de la Virgen del Pilar y de Guadalupe. Los que pudieron verlo coinciden en que había quedado reducido a una maraña de piel y huesos. Inmóvil. Puedo dar fe de ello; la secuencia que voy a narrar, aunque lo parezca, no está extraída de una película cómica. Sucedió tal cual.

A la llamada de auxilio de Carmen Polo acudió rápidamente la enfermera, el asistente de cámara y yo.

—Catalán, usted por aquí. —Me halagó que me reconociera.

Todos nos mirábamos, interrogándonos sobre qué debíamos hacer, cómo había que reaccionar, pero nada nos sacaba de la parálisis.

La enfermera salió corriendo y volvió a los pocos minutos con instrucciones del doctor que se encontraba al frente del equipo médico. Lo había pillado, con un tórax abierto y un corazón en las manos, precisamente en el hospital Francisco Franco, el actual Gregorio Marañón.

La orden era que lo llevásemos al botiquín, a la misma enfermería donde nos habíamos reencontrado Julia y yo. Ya se había dispuesto todo en previsión de un caso similar. Haría las veces de quirófano de emergencia.

Posteriormente he leído algunos libros con la curiosidad de ver hasta qué punto eran fieles a los hechos los relatos de los allí presentes con responsabilidad clínica. Y así he sabido que Franco había entrado en coma por una hemorragia gastrointestinal, y que los médicos, aunque lograron ligar una arteria rota durante una operación extenuante que duró horas, llegaron a tener que alumbrar las tripas del dictador con linternas dado que el infortunio hizo que fallara la iluminación de aquel quirófano improvisado. Puedo confirmar que fue una noche en la que los equipos electrógenos se cayeron y hubo intermitencias de fluido en todo el palacio. Otro instante en el que sobrevoló el fantasma de un posible sabotaje.

Fue la única noche quizás en la que la famosa lucecita parpadeó, igual que la conciencia del jefe del Estado. Esta ya nunca se recuperó y no volvió a tener ningún grado satisfactorio de lucidez.

También puedo corroborar que lo trasladamos desde sus aposentos hasta el botiquín envuelto en una alfombra y dejando un reguero de sangre por los pasillos. Sí, la ocurrencia fue mía. Rodando. No podíamos llevar aquel saco de huesos a pulso. Pesaba como un muerto.

49

Llanos del Pisuerga, noviembre de 2019

$\mathcal{V}$uelve a recurrir a la *tablet*. Belén pincha en un enlace y me muestra el artículo que publicó el 23 de octubre Xavier Casals en *El Periódico de Catalunya*. Lo lee en voz alta para que quede constancia en la grabación.

El domingo 23 de noviembre de 1975 tuvo lugar el entierro de Francisco Franco, que se desarrolló según un minucioso plan del Servicio Central de Documentación (Seced), dependiente del presidente Carlos Arias Navarro. Fue la operación Lucero [...].

Así, para evitar problemas de orden público se hizo un seguimiento de la oposición y se detuvo a los líderes del PCE del interior. A la vez, se observaron las movilizaciones ultraderechistas al temer incidentes, pues circuló el rumor de que un núcleo de excombatientes querían presionar al rey para que hiciera un juramento público de lealtad al Régimen y al Movimiento.

En este marco, a las siete de la mañana del día 23 se cerró la capilla ardiente de Franco en el palacio de El Pardo y le velaron los miembros del Consejo de Regencia y del Gobierno. A las diez se celebró un multitudinario funeral *corpore insepulto* en la plaza de Oriente que presidieron los flamantes monarcas. El cardenal primado de España, monseñor Marcelo González, hizo la elegía del dictador. [...]

Tras la ceremonia, un camión militar Pegaso modelo 3050 acogió el cuerpo de Franco y partió hacia el Valle de los Caídos, en cuya fachada se colocaron cuatrocientas coronas mortuorias. El convoy funerario llegó allí poco después de la una de la tarde y el abad de la basílica, Luis M.ª de Lojendio, quiso ver el cuerpo de Franco, pero el ataúd estaba soldado. [...]

En el Valle de los Caídos el féretro fue transportado por ayudantes de Franco y miembros de la familia (Alfonso de Borbón, el marqués de Villaverde y nietos) hasta el umbral de la basílica. [...]

Luego el ataúd fue trasladado hasta el altar mayor, donde el abad lo bendijo e hizo jurar a los jefes de la Casa Civil y Militar del autócrata que el difunto estaba en su interior. [...]

Hacia las 14:15 la pesada losa cubrió el sepulcro. Un rey emocionado oró brevemente y partió.

—¿En ese ataúd no estaba Franco? ¿Nunca estuvo en El Valle de los Caídos? —pregunta Belén atónita.

—Nunca.

—Entonces, ¿el tal Jesús, el de la radio, estaba en lo cierto cuando aseguraba que se le enterró en el huerto de los monjes a los pocos días, con nocturnidad, haciéndoles jurar por lo más sagrado a los allí presentes que aquel acto no trascendería jamás, que así se preservaba el cadáver de Franco de ultrajes y profanaciones por parte de sectores con sed de venganza?

No le puedo dar a la periodista la respuesta que está esperando:

—Ese tal Jesús ha oído campanas. Pero no sabe dónde tañen.

Belén muestra síntomas de sufrir el síndrome de las piernas inquietas. Tamborilea sobre la mesa con los dedos. La percusión acaba en un par de golpes con los nudillos, se muerde los labios y mira el reloj.

—¿Me va a sacar de dudas de una vez por todas? —me reta.

—A ver si soy capaz. No quiero que te quede ningún cabo suelto a estas alturas de la película.

»Verás: tras la operación a vida o muerte en el botiquín convertido en quirófano, se le traslada a La Paz. Allí acabará muriendo el día 20. Bueno, el 20 oficialmente, así la fecha tendría mayor valor simbólico. Pero no nos despistemos con este detalle que, al fin y al cabo, es lo de menos en todo este tinglado.

»Durante esas semanas, desde que lo ingresan hasta que fallece, es cuando se cuece el asunto.

»Una mañana viene a las oficinas el mayordomo de Palacio a decirme que doña Carmen quiere verme. Yo supongo que es para darme las gracias por mi intervención la noche de marras. En parte sí. Pero solo es la excusa. Después de dar muchos rodeos, acaba soltándome que alguien le ha comentado que yo soy la única persona que la puede ayudar. Ese alguien había sido Julia, evidentemente, quien, en la soledad de aquellos días, había acabado convirtiéndose en su paño de lágrimas. Julia se había ganado su confianza. También su compasión, al saber quién era y cómo se las gastaba el mal bicho con quien estaba casada, a quien iban a desterrar a África. La Señora le confía que se ha hecho a la idea de que el desenlace fatal está a punto de suceder, que lo de su esposo es ley de vida y que, si Dios así lo ha querido y tiene que ocurrir en ese momento, será porque ha llegado su hora. Contra ese designio divino no podía rebelarse una fiel creyente como ella.

»Sin embargo, la Jefa tenía una pena y una preocupación. La pena tenía que ver con lo intransigente que se estaba poniendo Arias Navarro con que había que enterrarlo en Cuelgamuros. Porque ella contaba con que, cuando su marido muriera, su cuerpo iría al panteón familiar de Mingorrubio. ¿Por qué no iban a descansar para siempre juntos? No le entraba en la cabeza.

—¿Y la preocupación?

—La preocupación tenía que ver con sus joyas. Las reales y las falsas. ¿Qué hacía con ellas? Las que coleccionaba de préstamos generosos de las joyerías de la calle Serrano, las que nunca devolvió y, especialmente, las del falso pecio recuperado. Le preocupaba que todo eso saliera a la luz algún día. Eso es lo que ocurriría en cuanto llegaran los rojos, decía ella. Estaba segura de que estos se iban a merendar al melifluo Juan Carlos en menos que cantaba un gallo.

»Y Julia tenía razón. Siempre tiene razón. Yo era la única persona que podía ayudar a la Generalísima a salir de aquel embrollo.

—¿Cómo?

—El poder de la información. Sabía muchas cosas. Del Seced, de la CIA, de Gorostegui… Lo importante es que esos actores se vieran implicados y obligados a intervenir por algún motivo. Y lo fundamental: que cada uno de ellos no supiera que ninguno de los otros también estaba metido en el ajo en mayor o menor medida.

—¡Coño! ¿Gorostegui? —Belén muestra su sorpresa.

—Se le prometió el mal menor de su confinamiento en Melilla. Sin su colaboración, habría sido imposible montar todo el dispositivo. No se movía nada ni nadie sin que él lo consintiera. Habría sido imposible sacar las joyas del búnker, repartirlas en los falsos ataúdes y, sobre todo, guardar en secreto en la cámara frigorífica el cuerpo de Franco hasta llevarlo al panteón de Mingorrubio, donde quería su mujer que la esperara.

—No entiendo qué ganaban los del Seced, los suyos.

—Noguerales lo vio claro: tranquilidad. A ellos les hice creer que el ataúd que se enterró en el huerto de los benedictinos era el auténtico, cuando lo cierto es que también estaba repleto de monedas y joyas falsas, como el que se sacó hace unos días del Valle. El tesoro no cabía en uno solo. Se puede comprobar si se excava aquí. —Le escribo en un papel las coordenadas que memoricé en su día.

—¿Y la CIA?

—Digamos que los americanos conocieron solo una parte interesada de la historia. Concretamente, una versión que apuntaba a que Gorostegui estaba al corriente de que ellos andaban detrás de un intento de estafa al Estado español. Esa sería la razón de que hubiera recibido aquellos ingresos tan generosos, para tenerlo callado. Pero, claro, era un peligro. Una bomba andante. ¿Y si explotaba?

—Entonces, su accidente…

215

50

Nueva York, noviembre de 2019

Con el último mensaje de megafonía he visto cómo Julia se revolvía en su butaca. Se hace la dormida. Así disimula mejor el miedo que le provoca el aterrizaje. El sobrecargo ha anunciado que es inminente, que ha amainado el viento y que en un cuarto de hora aproximadamente estaremos tomando tierra.

Tomo los últimos apuntes sobre lo que he escuchado de la entrevista con la periodista de Radio Cadena Nacional. Incluso a mí me suena a historia novelada. Pero fue exactamente así.

Rita nos espera en el aeropuerto. En el letrero ha escrito «Condes de Llanos». No es un título que luzcamos. Renunciamos a él. Julia repartió las tierras entre sus antiguos dueños después de heredarlas. Su padre fue otro a quien solo la muerte pudo poner en su sitio. La recibió en una avanzada vejez, postrado en la cama. No hay plan perfecto.

Rita Roig nos acompaña en un coche de Jewelry & Pic-Auction, la casa de subastas internacional de la que es socia junto a Ignacio y Úrsula, y en la que participan los herederos de Steve McNamara.

Le pide al chófer que ponga las noticias. Reconozco mi voz, aunque quede solapada por la que va traduciendo mis palabras. Aprovechando el volumen de la radio, le hago un gesto a Rita.

Apunto a las esquinas del techo y al retrovisor, donde podrían estar camuflados los micrófonos.

—No te preocupes. Lo revisamos a diario. Está limpio.

—Nunca me has explicado cómo fue —aprovecho que estamos a buen recaudo.

—¿Te refieres a la negociación en El Pardo?

—Ahora soy yo quien siente curiosidad por saber si estuvo Franco presente y si se trató de una decisión suya.

—Él dio la bendición. A pesar de que en la sala también estaba el arzobispo.

—Y no faltaría un militar…

—Obvio. —Rita mira a Julia, que capta el mensaje—. Gorostegui llevó la batuta. Si un extraterrestre hubiera irrumpido en aquel instante, habría deducido que la máxima autoridad era él. A juzgar por cómo interrogaba y cómo marcaba las pautas de la negociación, cediendo ahora, estirando la cuerda después. Daba y quitaba palabras. Imponía el tono y las condiciones de la operación.

»Franco y su mujer estaban un poco apartados, sentados en dos butacas muy bajitas, en la sombra. Se les veía a duras penas. Parecían muy poquita cosa. Inmóviles. Como si fueran dos muñecos de cera —detalla Rita—. Pero aun así, imponían. Todos sabíamos que, al fin y al cabo, aunque no fueran los actores principales, el desenlace dependía de ellos. Sobre todo, de ella. Gorostegui me sometió a un interrogatorio propio de un tribunal castrense. Se notaba que no era un experto, pero se había documentado a conciencia. Fue un fiscal implacable. Se interesó por el estado del tesoro, por el origen de la información que había llevado a nuestros hombres a hacernos con las joyas; me pidió detalles sobre cómo fue la operación de rescate, sobre las dificultades para llegar hasta la nao hundida. También, y en eso fue en lo que puso más interés, le podía la curiosidad sobre por qué nuestro cliente no había intentado sacarle mayor tajada económica en subastas, o incluso en el mercado negro. Y ahí es donde me los gané. Solté el discurso que llevaba bien armado. Les hablé del sentido de la justicia histórica que suponía el hecho de que el hallazgo volviera a pertenecer al patrimonio de una gran nación a la que nunca se le debió haber arrebatado. Si te he de ser sincera, creo que ese argumento convenció a todos menos a la Señora, que lo que esperaba era verlo con sus propios ojos.

—¿Llevabais una muestra?

—No, se creyeron que no podíamos arriesgarnos a trasladar un material tan preciado. Les dieron verosimilitud a unas cuantas diapositivas.

—¿Qué se veía en ellas?

—Pues la verdad.

—La verdad tiene muchas caras.

—La mayor complejidad de la operación no era hacer creíble el tesoro. Disponiendo de tiempo, eso era relativamente sencillo. La dificultad a la que nos enfrentábamos era la de fabricarlo. Porque habíamos estado urdiendo un plan similar, ya lo sabes, pero con el que pensábamos colocarle una colección de cuadros falsos. Lo de las joyas era más llamativo. Más arriesgado, pero tenía más opciones de prosperar.

—¿De dónde lo sacasteis?

—De la mismísima isla del tesoro.

Sondeamos a todos los fabricantes de abalorios, de bisutería y de atrezo que proveían a Hollywood. Pero ninguno de ellos, ni con todo el oro del mundo por delante, se comprometía a hacer frente a un pedido como aquel en menos de tres meses. Ya había material que estaba hecho y era bastante parecido. Lo localizaron en naves polvorientas de la MGM y de la Century Fox, pero necesitaban un repasito. Si no, no daban el pego más que a los ojos de la iluminación mágica del celuloide. Al margen de que, haciendo acopio de unas cuantas bisuterías de aquí y otras de allá, no reuníamos el tonelaje suficiente.

»Sin embargo, la solución para completarlo estaba mucho más cerca de lo que nadie podía imaginar. Estaba en Almería. ¿Recuerdas que Lis te pidió una lista de los títulos que se proyectaban en El Pardo?

Hice memoria y asentí.

—En 1972 se había rodado una versión de *La isla del tesoro* protagonizada por Orson Welles. Algunos creen que también fue el director, aunque figuraran dos nombres de paja en los créditos para contentar a los que pusieron dinero en el proyecto, un británico y un italiano. Era una producción europea en la que participó España. Los exteriores se rodaron en una playa de Mojácar. La productora española conservaba el tesoro. Se encontraba en perfecto estado. Era un trabajo de orfebrería. Hecho en latón y aleaciones menores, por supuesto. Con el desgaste suficiente, pero brillante.

—*Touché!* Nunca mejor dicho.

—Temíamos que esa cinta hubiera llegado al cine de Carlos III, que la tuvieran fresca y que eso comprometiera el plan.

—Comprendo.

—Además, teníamos otro problema que debíamos salvar. Esas joyas estaban en España. Así que, antes de que llegáramos a Madrid Ignacio y yo con la oferta, debíamos trasladarlas a Florida, desde donde se iba a hacer el envío de la valija con destino a Palacio. Por lo que, si te da por rastrear, comprobarás que se rodó otro film en 1974, en Seaside. Una película que nunca se llegó a estrenar, por supuesto. No fue más que un montaje para justificar la superproducción del truco de magia que estábamos tramando.

Ha acabado la emisión de mi entrevista en la radio y suena la publicidad.

Julia parece que ha descabezado de nuevo un sueñecito. Estamos a punto de llegar.

—¿La subasta será a las doce? —le pregunto a Rita.

—Exactamente, como estaba previsto.

—¿En cuatro conjuntos?

—Así quedamos.

—No estaremos en la sala para no levantar suspicacias —le confirmo a Rita.

—Nos acaban de conceder la fecha para la puja que se celebrará en Londres con las que restan del conjunto. Será dentro de tres meses. ¿Ya sabéis en qué vais a invertir esa fortuna?

—Nos lo vamos a gastar en Houston —responde Julia.

Hoy se subastan las joyas que llevan cuarenta años custodiadas en una caja fuerte de un banco suizo bajo la clave M740851.

Este libro utiliza el tipo Aldus, que toma su nombre

del vanguardista impresor del Renacimiento

italiano, Aldus Manutius. Hermann Zapf

diseñó el tipo Aldus para la imprenta

Stempel en 1954, como una réplica

más ligera y elegante del

popular tipo

Palatino

Quienes manejan los hilos

se acabó de imprimir

un día de otoño de 2020,

en los talleres gráficos de Egedsa

Roís de Corella 12-16, nave 1

Sabadell (Barcelona)